五對槳

夏本奇伯愛雅著

蘭嶼媒體與文化數位典藏策劃

國立交通大學出版社出版

目次

自序

　　國小畢業後的第二年，就加入家族船組成為臨時船員，加入的時間是在飛魚季期間。在船組內還很年輕的我，哪有知識了解祖先設定的海洋漁業知識。之後，便從船組文化及海上漁業經驗慢慢地吸收沒老師教導的海洋知識領域。

　　當初為臨時船員，摸著木槳，不知該如何使用。因不懂划船，木槳常被前後船員打到海裡，因而造成船員划船動作的不一致。還好船組是十人組成的，都是父系兄弟，會接受我的無知。經過一段時間後，便明白船員之間志同道合的精神，才能適應木槳划水的功能。在雅美族的社會組織中，家族船組團體的臨時船員是偶而才參加海上作業，因為這關係到船組的漁獲，滿載而歸是十人大船出海捕魚的動力。

　　在 kasiyaman 月份（約國曆一月時），父親要我正式加入船組，成為十人大船的船員之一。當時我所吃的食物非常有限，父親不給我吃破壞及奇形怪樣的地瓜、芋頭或山藥等食物。而魚類僅吃石斑魚（anid）和一些小魚（milakalagaraw）等，其他魚類是絕不可以吃。如此的家族船組規則是要讓我在一年時間通過考驗後，便能成為船組的真正船員了。

　　成為正式船員後，在船內的位置是在中央（doavak）位。因為是船組的新船員，要慢慢磨練自己的體力來升級。之後，在船組的位置是在二等船員位（manangat）。在船組中要磨練自己，因划船需要耐力，肺活量要好，才能維持 3 浬遠的爆發力，讓十人大船展現往前衝浪的快速度。在船組內偶爾一次擔任船首位，這個位置不是任何船員都可以擔任的職務，其划船能力要高人一等。

　　在成為正式船員的第一年秋季，我們船組商議要造新船。父親帶領全體

船員上山伐木取材。父親告訴船員說：「因為西阿那思（我）正式加入本船組，所以取來的材料只能在日升時間帶回家，不可以等到太陽斜下才帶回家。」之後，我們只砍了一個作為船的彎骨（ipanuang）材料後，便全體回家。那時，我只能看著老船員們砍材料，扛他們的斧頭回家。而父親的主要目的是希望我在船組的人生，一切都是平安無事。至今，到了這種年紀，海上漁業都沒發生過翻船及其他意外災害，漁業成績都已亮相在人的眼前，這都是海人的見證。

在家族船組社會中，我要很努力在各種學校學習，因為在船組的成長中看到很多不同學科的知識，必須要很努力才能得到各種學科的知識，才能稱得上海人之子。所謂的各種學科知識是指一要學習海的自然科學，才能知道海流的不同方向，才能平安登岸回家。另外，海流會帶來魚群，知道海流才能滿載而歸。二要學會自然科學，能夠明白氣候的現象，這對十人大船在海中作業甚為重要，尤其是天氣的變化，突來的強風可能造成船翻覆海中，命運不好的人可能會無法回家。三要能成為划船好手，需具備更高深的知識，亦即要學習體質學，要有相當的划水耐力，更要有很好的肺活量，同時也有可能要透過划水的爆發力來逃命。遇上大風大浪，十人大船不一定能順利衝過去，非常需要船員的力量與耐力來應付。四要學會海洋生態學的知識，如果想要有滿載而歸的收穫，這種科學也很重要。若是不懂海洋生態學，那就談不上會有豐富的漁獲。在海上船釣海底魚類，族人都有陸上標誌（papaoziben），無論是近海或遠洋都有。想釣不一樣的魚也會有標誌，在海上拖釣大魚也是有標誌和不同漁場，這都要很明白才行。五要能成為健全的船員，要學成人之素質學科，才能達到船組要求的體質。船員具備這樣的體質，才能應付萬變的天災及人為的災害，例如正在捕飛魚時，若急著說我要去大便，那會造成團體海上作業的困擾。另外在海上作業時，說我要吃便當，肚子已經太餓等也都會對捕

魚造成問題。六要能在十人大船內擔任捕魚夫及划水夫，這種行政學的能力與知識，一定要學到。若是得到這種能力與知識，便可擔任捕魚好手及划船將軍。在十人大船內的船員位置是以升級來決定，並非高興坐哪就坐哪或是去擔任捕魚夫。船員們都必須考試合格，才能擔任船內某一職務。十人大船捕魚夫是最難考的一門科系，必須要有多方面知識，才能勝任這份職務。七要能勝任釣夫，這不是任何船員都能擔任。這種船員要具有哲學和神學知能，這兩種學科都要精通才會有豐富的收穫。這七所學校的知識是船組船員一定要有的，這樣才是雅美漁夫之子。

　　在雅美族歌謠剛出版時，交大郭老師便鼓勵我寫雅美人的十人大船小說。我不明白當時自己為何在沒有考慮之下便答應他，也許內有人看不到的因素吧。之後在家想了很久，到底要採用船組哪個部分作為小說的主要題材，最後選擇以十人大船在海上作業作為故事主體。但因雅美十人大船的海上故事很多，不知道要以哪一種故事為主，頗費心思，最後選擇紅頭部落一個家族船組的熱門故事作為故事基礎。

　　在還沒有書寫這篇故事之前，就已經看過諾貝爾獎短篇小說，心想自己是沒有能力以如此的寫法來表達，覺得這種說話藝術是胸部長毛的人類所有，而我胸部沒長毛當然學不來他們的說話技巧。此外，也看過國內得獎小說，只能對自己說你沒有他們書寫小說的旋律與節奏知識。沒錯！我曾經說過自己在漢字道路上經常滑倒爬不起來，幸好有教育界的名人朋友把我扶起來，讓我能夠繼續往前走。這本長篇小說是我第一次書寫的小說，全文採用雅美族人閒聊時的口語說話語法，可說是保持族人的原始說話風味。但如此的書寫文字可能對漢人朋友、其他原住民朋友及外國人朋友有所不便，在此說聲抱歉，也懇請這些朋友能欣賞到雅美族十人大船出海捕魚的情感剖面，增加自己的喜樂長壽。

　　這本長篇小說的問世，得非常感謝交通大學傳播研究所郭良文老師和淡江大學資訊與圖書館學系林素甘老師的策劃，及「蘭嶼媒體與文化數位典藏」沈孟儒小姐的插畫及歐宇芳和蔡欣蓓兩位助理的辛苦工作。此外，也很感謝「財團法人原住民族文化事業基金會」關心海洋原住民文化之口語文學作品而提供經費贊助，在此獻上誠摯的謝意。最後，特別感謝「國立交通大學出版社」的朋友關心雅美族族語之口語文學，進而出版這本長篇小說。由於這些朋友的熱心關愛與幫助，使得此一雅美族口語文學的說話藝術能與更多漢人朋友分享，亦與其他台灣原住民朋友一同分享雅美族人丁字褲之海洋十人大船的欣悅海岸故事。 ^U^

夏本奇伯愛雅（周宗經）於蘭嶼紅頭
民國 101 年 12 月

編者序

　　對於接受過正規教育的作家而言，寫一本長篇小說或許不是一件難事。但是對於一位從未受過文學訓練的漁夫而言，這可是一個重大的挑戰。夏本奇伯愛雅（周宗經）先生，沒有到過台灣求學，僅有在蘭嶼就讀過高職補校，他一輩子從事漁夫和農夫的工作，卻能利用閒暇或晚上時間，從事文史資料的採集以及寫作工作。而且，這樣的日子，一過就是三十年，先後已經出版過幾本書，包括許多散文和歌謠等書，其中《雅美族歌謠》還曾獲得第四屆國家出版獎佳作。而「五對槳」這本書，是作者第一次嘗試撰寫的長篇小說，使夏本奇伯愛雅先生成為名副其實的「素人作家」。

　　什麼是「五對槳」？為什麼選擇這個名稱當作書名呢？雖然現在大家都已經習慣使用「十人大船」這個名稱，但事實上，「五對槳」才是傳統雅美（達悟）族人用來稱呼十人大船的詞彙。加上這是一本長篇小說，講的又是幾百年前雅美人的故事，所以在跟作者討論書名時，我們建議作者以「五對槳」為名，作者也欣然接受。

　　如果要說對蘭嶼印象最深刻的事，那絕對是跟十人大船有關！除了優雅的造型和美麗的紋飾船身外，雅美（達悟）的飛魚文化才是最珍貴的資產。十人大船的落成與下水典禮，更是精彩萬分，不可錯過。為了追求幸福美滿、祈求大船出海平安與豐收，雅美（達悟）的「漁規、漁法」與「禁忌」相當多，尤其是在飛魚季期間，更有許多的「古法」和「前人智慧」要遵行。蘭嶼的這些「社會知識」是代代傳承的，除了凝聚家族外，十人大船船組也扮演了蘭嶼雅美捕魚知識與文化規範的教導與傳遞。

這本書就是在這種脈絡下，以近乎「寫實小說」的方式，敘說雅美（達悟）族人的飛魚文化與十人大船船組的活動。或許這本書的寫作方式較為平鋪直敘，不是那麼地戲劇化或高潮迭起，但是閱讀完這本書之後，保證讀者能深刻地沉浸在飛魚文化的故事中，學習到不同族群文化的知識與經驗，並擴展了視野，而盡情享受海洋民族的韻味與風采。也有可能，看完這本小說的讀者，因此成為釣魚高手，而且學會了趨吉避凶的人生道理呢！或許，這種的敘事與這樣的啟發，就是海洋原住民文學的本質、本色與不同之處吧！

這本書的出版，除感謝「數位典藏與數位學習國家型科技計畫」下「拓展臺灣數位典藏計畫」對「蘭嶼媒體與文化數位典藏」計畫在數位化和典藏周宗經先生的手稿與著作外，亦感謝「財團法人原住民族文化事業基金會」贊助部分出版經費與「國立交通大學出版社」的協助與出版。此外，「蘭嶼媒體與文化數位典藏」團隊成員的努力投入，如唐允中先生負責手稿掃描、繕打逐字稿及文字校對等基礎工作，而沈孟儒小姐的插圖讓本書的內容更加豐富，讓文字的敘述多了一些想像的趣味。最後也很感謝歐宇芳和蔡欣蓓兩位助理的行政支援等。他們為這本書的付出，成就了如此的成果。感謝所有參與者的用心與協助，希望這本書的出版能讓更多的人瞭解雅美（達悟）族十人大船的文化知識。當有機會造訪蘭嶼之時，看到十人大船（拼板舟）時，會領略到那艘停在岸邊灘頭上的十人大船不只是美麗的一艘拼板舟而已，它更是雅美（達悟）族飛魚文化與海洋文化的精華展現。

林素甘，淡江大學資訊與圖書館學系
郭良文，交通大學傳播所、傳播與科技系
民國 101 年 12 月

人物關係圖

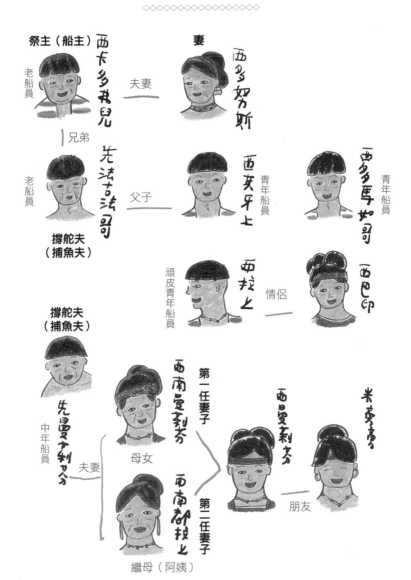

人物關係圖

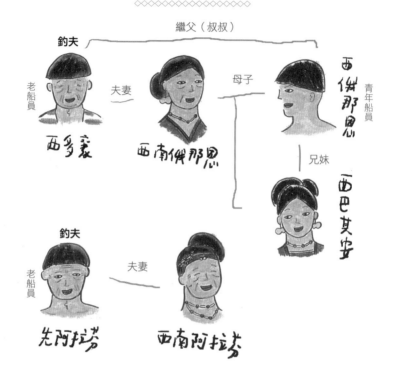

繼父（叔叔）

釣夫

老船員

西多襄

夫妻

西南傀那恩

母子

西傀那恩

青年船員

兄妹

西巴其安

釣夫

老船員

先阿拉芬

夫妻

西南阿拉芬

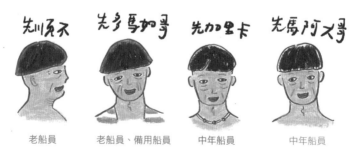

先川頁不

老船員

先多馬加哥

老船員、備用船員

先加里卡

中年船員

先馬阿又哥

中年船員

楔子

◇◇◇◇◇◇◇◇◇

　　這篇故事發生在大約三百年前的雅美族社會，是紅頭部落一個名叫 siradoavak 船組的故事。船組是指十人大船的團體組織，十人大船在蘭嶼的傳統名稱為「五對槳」，也就是指一艘配備有十個木槳的捕魚船。雅美族十人大船的撐舵夫扮演神聖的任務，這份工作必須很有經驗，且具備好幾項條件才能勝任，不是每個船員都能擔當得起的。因此，撐舵夫是十人大船船組的靈魂人物，任務執行的好壞，往往影響整個船組的命運。船組與海洋漁業的故事，在雅美族的六個部落內都會發生，只是各有不同的遭遇。

　　「一道波浪衝到船身，很快地把大船推撞到岸邊的礁石上，接著船身迅速進水，就翻船了……海岸的礁石上佈滿了海膽，船員不小心踩到海膽的刺針，痛得哇哇叫。因為腳痛，船員們想要救起船，並將船身推往外海時，更顯得無能為力……」。紅頭部落 siradoavak 船組，在某年飛魚季開始時，船組的十人大船在首航時就遭遇到了這個意外。但是，當時海面風平浪靜，經驗老道的撐舵夫，為什麼在回航時會觸礁，而帶給船員痛苦與船組厄運呢？船難發生後，這個船組又如何趨吉避凶，想辦法來化解不幸、重新迎向幸福的人生呢？

出航

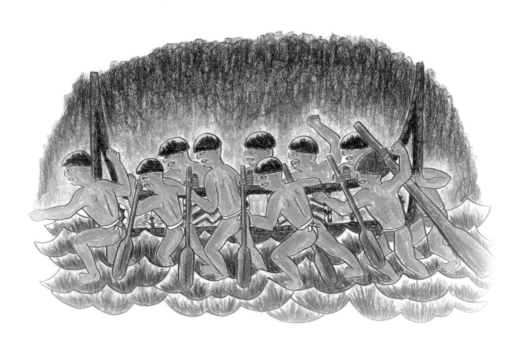

出航

◇◇◇◇◇◇◇◇

飛魚季的頭個月份是 paneneb（約國曆二月時），在這個月份的飛魚期，船組船員們不可以在自己的家裡睡覺。一到黃昏，要出海捕飛魚的船員都要到祭主家（panlagan）集合。如果船組釣到大魚，十人大船船員全部都要聚集在祭主家睡覺。到了祭主家之後，不可以在外面兜風，要很快進入屋內，坐在地板上休息，等候其他船員到來。

有個夜晚，這船組的船員，一個接一個地來到祭主家。祭主（船主）名叫西卡多弗兒，他已在家裡整理船員們該坐或休息的地方，而他太太也在左室清理自己可以躺的位置。

「現在各位都到齊了嗎？我是不是可以生火備用？」撐舵夫（manavilak）覺得時間差不多了，便對船員們說。船員們聽到撐舵夫的吩咐之後，就由一位名叫西多馬如哥的船員清點人數。之後，他就回應說：「還缺先順不，不知道他為何還沒來？」

「如果是這樣，那就暫時不要生火了，我們還要等他。」撐舵夫聽到船員這樣回應，便如此說。

「叔叔！不能這麼做，會來不及的，你還是先生火吧！他一到，我們就可以出發了。」船組內的一位頑皮青年船員說。

「鍋蓋頭姪兒（siyacita）說得沒錯，不要等他來才生火，這樣會太慢啦！」先阿拉芬強調地說。

撐舵夫聽到這話，就很快地動手取木柴（otongan）生火。他已經把木

柴聚在一起要點火了，忽然發現怎麼找也找不到點火石。「太太！有沒有看到點火石？我要生火，可是找不到點火石。」祭主著急地說。

「我哪有看到你的點火石，我這裡的點火石可以用在右室嗎？」。他太太問。

「在這時候是可以拿來用的，不然沒東西點火！」撐舵夫說。祭主太太明白後，便把點火石傳給屋內的船員。

「叔叔（maran）！你可以起火了，先順不船員已經來了。」西俄那恩看到那位船員到後說。撐舵夫聽到就開始生火。這個船組生好火後，船主（mivanavanaka）就吩咐其他船員負責自己應做的工作。船主一再強調地說：「各位船員！在工作中絕不可以出聲說話，要安靜，以免招來不吉利的後果，尤其是裝備一定要帶在身上，都要齊全。」

依據雅美族的船組社會規範，祭主家生了火以後，屋內的十位船員都要安靜地坐著或躺著，絕不可以閒聊，更不可以碰撞其他東西發出聲響。在飛魚季，漁夫出門到祭主家前要先想好該帶的裝備，及一定要帶在身上、不可遺忘的東西，否則在外面遭遇困難時會很難應付。另外，若已經出門，不可以再回頭拿忘記攜帶的用具或工具等。因為回頭對捕飛魚而言是一種不吉利的象徵，這些都是雅美族在飛魚季的禁忌。鍋蓋頭是雅美族男人的傳統髮型。

之後，船員們各自去做該做的事。撐舵夫順手取出已燃上火的木柴，出門往海邊去。幾位青年船員到工作房取出乾蘆葦，每人至少帶三把乾蘆葦並扛去海邊，老船員則只帶著自己的裝備走到停在海邊的船。

「姪兒（manfanako）！你扛那麼多火把（乾蘆葦），放下一把讓我拿吧。」西卡多弗兒對頑皮青年船員說。

「叔叔！這些火把蠻輕的。年輕人不怕重的，反正我沒太太嘛！叔叔。」頑皮青年船員回應老人家。

「小心！看好飛魚小道，不可以走到別人家的界線裡，這對我們是不利的。」西多襄老船員對前面的青年船員說。

「叔叔！我們會注意的，只有那個頑皮青年船員才不聽你的話。」西俄那恩青年船員說。

「喂（ana）！你怎麼經過別人家，快走小路！」西其牙上看到頑皮的夥伴船員走進別人家的界線內時說。

「這飛魚小道不好走嘛！萬一我跌倒腳斷了，那我還能跟你們一起去捕飛魚嗎？誰要揹我去看病，蘭嶼又沒有人可以幫我治病。飛魚小道只在白天有太陽光時才要遵守，晚上不必遵守。黑黑的視線，哪有人可以看到別人家呀！」頑皮青年船員回應那位船員。

「誰說的？！白天遵守飛魚小道，晚上就放棄飛魚季規則，是你爸爸對你說的嗎？」西其牙上對頑皮青年船員說。

「喂！你們兩個不要再說話了，搞清楚我們是要去海邊捕飛魚，路上要安靜一點。還沒出門前撐舵夫叔叔早就吩咐過了，難道你們兩位沒耳朵聽嗎？！」西俄那恩對不守規矩的兩位船員說。那兩位青年

船員聽了這話後，就安靜地走小路往海邊去。

在飛魚季期間，每個部落都有設定飛魚小道。漁夫們在這段捕飛魚期間，進進出出都必須走飛魚小道，不可以踏進別人家的界線裡。雖然飛魚小道不容易走，但是船員們一定要遵守這項規則。

　　船員們到達海邊大船之後，每個人在自己的位置上整理座椅、槳架、綁緊繩子（kolili），撐舵夫也栓好大船的舵柄。青年船員在船中央排好要使用的火把，然後綁緊，以免大浪衝進船內將乾蘆葦（火把）打濕，那就不好使用了。

　　撐舵夫看到船員們都已經做好船內工作後，就發佈口令說：「想要去上大小號（便）的人趕快去，否則海中是沒有地方可以讓你方便的。大家要弄清楚船組捕魚的知識，這不是你一個人的事。另外，還要請大家拴緊身上的丁字褲。如果在划船時丁字褲鬆掉或斷了，是沒有時間讓你穿緊的，沒有丁字褲在身上的船員是不可以在我們的船上划船。」他吩咐完之後，每位船員都把丁字褲穿緊，或是去上大小號，以防萬一。

　　「喂！小鬼（motakzes），你還不去大小便嗎？在海上大小便的話，我們就把你丟進海裡！」先阿拉芬老船員對頑皮青年船員說。

　　「也好哇！我會游到岸上，然後跑回部落和我的女朋友約會，我很想念我的女朋友呢！叔叔，你有女朋友嗎？才怪，你那麼老了，誰會喜歡你。」頑皮青年船員回答叔叔的話。

　　「你胡說，岸邊那麼多沒長眼睛的海膽，你上岸時不刺到你的

地瓜腳才怪！到時候，你怎麼上路回部落？用爬得回家嗎？你又不是跛子，沿岸又那麼黑，你要往哪裡去。岸上又長了那麼多林投樹（ango），不刺到你的小弟弟才怪！」先阿拉芬老船員對頑皮青年船員說。

「你們在說什麼啦！快去大小號。大家都去了，只有你們兩個還在這裡談個什麼，只等你們了。」西多馬如哥解便回來後對他們說。

「叔叔！你不去方便嗎？」西多馬如哥對先阿拉芬說。

「你們年輕人不明白飛魚季的許多規則，我是老人，知道晚上要去捕飛魚，晚餐就會少吃一點。一切的規定都是從古時候傳下來的，只是有些人不聽而已，但這些飛魚季規定都要遵守。」先阿拉芬對年輕船員進行機會教育。

「小鬼！你不穿緊身上的丁字褲嗎？萬一有船要跟我們比賽的話，你身上的丁字褲鬆掉的話，哪有力量和別人比賽划船呢？快穿緊丁字褲！」先阿拉芬老船員對頑皮青年船員說。

「叔叔！跟別的大船比賽划船，身上的丁字褲會斷掉嗎？我們經常和別的船比賽（minenenet），我的丁字褲也都沒斷掉過啊！」頑皮青年船員說。

「之前我們跟別的船比賽，因為我們的船很快，所以大家都不需要用太大的力量就超過別人的船了。萬一兩艘大船在海上的航行速度相當，那就要加倍力量划水，到時候不但你的丁字褲會斷掉，你也會

像被狗追一樣換氣不休呢！你休克了，哪有女人愛你啊？！」先阿拉芬老船員半開玩笑地說。

　　「唉！到時候再穿緊丁字褲就好了，丁字褲斷了給你們看有什麼關係？又沒有女人在船上看得到我的小弟弟。叔叔，你沒看過嗎？！」頑皮青年船員俏皮地說。

 每個雅美漁夫穿在身上的丁字褲都是不同的，端視每位漁夫家裡的女人（婦女）會不會織布而有所差別。另外，家中若是遇到懶惰女人，男人穿的丁字褲爛了，又沒補好，就會一直穿著褪色的丁字褲。

「要推船了，你們還在談什麼話！之前就跟你們說過出海捕魚要安靜才是上策。你們在玩什麼破壞飛魚文化的遊戲啊！」西多馬如哥擔心船組捕不到飛魚，所以這樣說。

　　「我是怕在海上作業時會發生一些情況，他不去上大小號、不穿緊丁字褲，又說丁字褲斷了，沒女人看得到他的小弟弟……」先阿拉芬重複頑皮青年船員說的話。

　　「小鬼，你真的不去方便嗎？！到時候，我們可不管你，把你丟到海裡，你自己游泳回家喔！」西多馬如哥對頑皮青年船員說。

　　「好哇！一定要把我丟到海裡喔！我會游上岸回部落，我的女朋友在等我，還有海邊沙灣的美麗床呢！」頑皮青年船員回應西多馬如哥。

　　「好了！不要說話了，時間不早了，你們知不知道家中的女人正在等待我們的收穫？！」船主西卡多弗兒說。

　　上完大小號的船員陸陸續續回到船旁，船主西卡多弗兒見到船員都回來之後便說：「還有哪一位船員還沒到？」

　　「西其牙上還沒到。」先順不點了船員人數後說。

　　「你怎麼那麼慢才回來，是不是拉肚子了？」西多馬如哥對最後回來的西其牙上說。

「我兩種都排泄了！小完便後又大便，所以比較久一點，要不然海上哪有地方讓我方便。」青年船員西其牙上說。

船主明白時間不早了，就發出將大船推出的暗示令。船員們聽到後，很快地提起自己的木槳（avat）扛在肩膀上。隨後，老船員們喊出魔鬼（anito）聽不懂的推船口語。

「喂！你聽得懂老船員們的推船口語嗎？我真的聽不懂呢！」頑皮青年船員對前面的西其牙上說。

「那句話是對魔鬼說的，如果你聽得懂，證明你是鬼，而不是人！」西其牙上如此回答。

「我們正在推船下海，是很重要的時刻，而你們還在聊什麼，安靜啦！」西多馬如哥回他們的話，怕他們講話會招來不吉利的運氣。

船員們聽到暗示令後，很用力地把腳踩在沙石上，連帶喊出 keykamo yotap，十人大船很快地離開原位，滑落衝灘。

在雅美族的漁業文化中，漁夫推船衝灘時刻是漁獲豐盛的關鍵。漁夫像戰鬥般地雙眼瞄準前方的海洋與波浪，這樣才能得到好運。暗示令是一種古代俗語，亦是趕鬼的一種話語。年輕人不懂，只有老人家才了解。在灘頭上，漁夫上船是一門學問。若沒學好會造成船組的損失，如上船滑倒在船內或生殖器被船板撞到流血，船組就不能去捕魚，必須折返回家。回到家以後，另外九名船員要看顧與治療這位船員，這都是因為上船的知識不足而造成的禍害，因此十人大船衝灘知識是雅美漁夫務必要學習的一門功課。

船員們上船後就很快地坐在自己的座位上，然後摸著自己的木槳開始划船，讓大船慢慢地往前方海面航行。紅頭部落前方的自然港不是個很平坦的港灣，有幾座岩石小島在裡面，易阻礙船隻前行。用木槳划船，稍微不小心就會被礁石碰到，就不講理地把木槳折斷。

　　當他們航行在港灣時，為了避免船員們的木槳被岩石島撞斷，撐舵夫提醒大家說：「請你們划船時要小心自己的木槳，別被岩石碰斷了。否則你就只能游泳回家，成為夜間觀光客！」

　　「叔叔！到底是我們要小心、還是你要多小心一點。港內有那麼多岩石島，萬一你患了青光眼，我們百分之百一定會衝到石伯伯的。這樣我們要怎麼前進到我們的目的地呢？」頑皮青年船員不聽老人言調皮地說。

　　「不要再說話了，你不知道我們已經在海中了嗎？！這樣我們怎麼捕得到飛魚呢？」西多馬如哥強有力地說。

　　接著，坐在船首的船員對其他船員們說：「現在我們正在海上航行，到了突出地帶時，絕不可以說話。坐在右邊的船員不可以在船內舀水，只有坐在左邊的船員才能舀水，這樣是要防範魔鬼上船，讓我們得不到會飛的魚。」

◇◇

　　「莉芬，今天天氣非常好，今晚妳要和那頑皮青年約會喔！」米旁旁在部落的街道碰到西曼莉芬時說。

「妳怎麼知道我跟他很好，誰要去交這樣的頑皮男人啊！妳不要亂講，好嗎！」西曼莉芬面帶微笑對同輩的米旁旁說。

　　「有一次，我見到你們在叔叔的涼台上坐在一起聊天啊！而且沒有其他人在場，只有你們兩個人呢！所以才這樣對你說嘛！」米旁旁說。

　　「那妳今晚也一定會去和那個骨瘦如排的男人約會吧！」西曼莉芬將米旁旁的男友牽扯進來說。

　　「我已經和他分手了，我們才交往一個月，他不是我真正喜歡的男人，他了解的太少了。」米旁旁說出她的真心話，讓西曼莉芬明白為什麼。

　　「莉芬！妳不是有男朋友嗎？！你們有約了嗎！我常看到你們在河流邊在一起玩水。」米旁旁想了解西曼莉芬是否還跟頑皮青年很好。

　　「唉！朋友是朋友，不想很接近他，他太頑皮了，不保留別人的面子，說一大堆別人不想聽的話。我們只是去野外抓螃蟹、採果子而已。這種男人不尊重人，愛說什麼就說什麼，讓我不很喜歡他。」西曼莉芬這樣說，似乎看透她認識的男人。

　　「那我先走了！要回家幫媽媽做點事。今天晚上爸爸捕完飛魚，媽媽要弄點地瓜湯給爸爸回來的時候吃。」米旁旁讓西曼莉芬知道她要離開了。

「我也該回家了，沒有伴，跟誰聊啊！」西曼莉芬回答說。

◇◇◇◇◇◇◇◇◇◇◇◇◇◇◇◇◇◇◇◇◇◇◇◇◇◇◇◇◇◇◇◇◇◇◇◇◇◇◇

 在雅美人的捕漁文化中，漁夫們要遵守各項規範，長輩的吩咐不可以回嘴，船正在航行中不可以犯規。

坐在船首的船員說完飛魚季規則後，大家就只顧著划船。「活該啦你，坐在右邊要一直划船，很辛苦的。我在左邊，等一下就可以舀水、休息了」。」西其牙上對頑皮青年船員說。

「那你是船上偷懶的傢伙，你到底是不是船員啊？！划船捕魚是應當的事，加入本家族的船組團體，要能吃苦耐勞，才算是漁夫呢！不像你是想偷懶的男人，哪有女人想嫁給你這種男人，不要囉嗦了！現在是我們划船去捕飛魚的時刻。」頑皮青年船員反駁西其牙上。

之後，西其牙上知道自己不對，沒有再說話，就很用力地划船，口中喊出奮力的口語，讓其他船員和自己一樣奮力划船。

「小鬼！我們的目的地還很遠，你有力量保持這樣的奮力划船嗎？」先順不老船員對賣力划船的西其牙上說。

西其牙上把老船員的話當耳邊風，繼續用力划。年輕人的爆發力是比老人強很多，但是耐力不持久。老人家雖然力量不足，但划船耐力強，可在一浬海面划船而不換氣，使航行的船迅速往前衝。

船組要去的目的地漁場叫 jimaramay，是飛魚最先抵達的海域，也是飛魚最多的地方。紅頭與漁人部落船組，最想前往捕飛魚的地方就是這個漁場，收穫也最豐盛。前往這漁場的船必須經過魔鬼涼台「望南角」（jilangoina）。這地方的地形險要，亦是海流最強的交會處。船隻在這裡航行，一不小心就會觸礁翻船。如果命運不好，船會漂流到外海回不來。

　　撐舵夫知道他們的目的地漁場後，就朝這方向前進。船行走時將海面分成兩邊，海流引來許多亮晶晶的水母，在海面上一閃一閃地發亮，平靜的海面是見不到水母的。

　　「多馬如哥！我們划到哪裡了？為什麼船的兩旁有很多星星在發光？我們不是在天空中划船吧？！」頑皮青年船員第一次見到海中水母興奮地說。

　　「我們當然已經在世外桃源的天空划船了，對啊！是天空的星星！反正你很頑皮嘛！又娶不到太太，去天空划船有什麼不好，那裡有很美的女孩在等你呢！」西多馬如哥順著頑皮青年船員說的話回應。

　　「你才去西天划船呢！別小看人，你根本沒有女朋友，誰願意嫁給你這個長臉的男人，連我看了都怕！」頑皮青年船員如此回覆西多馬如哥。

◇◇◇

「阿姨（kaminan）！妳有削地瓜（manjip）給爸爸回來當便當（ratngan）吃嗎？」西曼莉芬擔心她爸爸回來時沒有食物可以吃。

「我已經削好地瓜了，時間太早了還ㄧ要煮。我會按照平常的時間來煮，這樣爸爸回來時，吃不冷不熱的地瓜才吃得多，有益身體健康。要不然，吃太冷或太熱的食物是會壞胃的。」西曼莉芬阿姨這番食物學的說法，讓西曼莉芬學到一些家庭知識。

西曼莉芬不是這位阿姨的親生小孩，她阿姨是他爸爸第二次娶來的太太，是西曼莉芬的繼母。西曼莉芬身材瘦高，是個樣貌普通的女孩子，如果她身在現代文明社會還可以參加走秀呢！

◇◇◇

「叔叔！離捕飛魚的漁場還有多遠啊？我已經划得很累了。他們都不跟我一起用力划船，只有我一個人用力，難道我們船員不用合作嗎？」頑皮青年船員一邊用力划船，一邊問撐舵夫。

「我們的目的地還很遠，你一個人用力不是辦法，你累了就放鬆吧！」撐舵夫知道他很賣力地划船。

「我們快接近魔鬼涼台了，請大家安靜，絕不可以從口中發出聲音和說話，以免招來那些沒有門牙的男女老魔鬼！這些魔鬼喜歡上船當遊客先生和小姐，他們看到船員沒有精神，就把船員推倒在椅子上，自己（魔鬼）握木漿隨便亂划水，讓船隻東倒西歪不知去向。請各位注意！」撐舵夫從雅美的神學觀角度吩咐船員們。

待撐舵夫說完話，船內船員們就一起用力划船，只有那頑皮青年船員不夠用力，因為他已經很累了，沒力氣再加，僅呼呼換氣地摸著木槳跟其他船員划船，不如才幾歲的少年力量。

「其牙上，什麼是魔鬼的涼台，我沒聽過呢！你有看過所謂的魔鬼涼台嗎？」頑皮青年船員問同輩的西其牙上船員。

「我也不懂啊！我爸爸（撐舵夫）沒告訴過我，你是鬼才看過呢！誰知道魔鬼涼台的樣子，可能是岩石島吧！以前老人家常夢到有魔鬼坐在石頭上乘涼。」西其牙上對頑皮青年船員說。

「你才是鬼（imooanitoam）呢！我不懂才要問你啊！」頑皮青年船員小聲地對西其牙上說。

「不要再說話了，魔鬼涼台快到了。」西其牙上小聲地對旁邊的頑皮青年船員說。

 雅美人漁業文化的神學觀知識是以前祖先就設定下來的規則，由後代族人一代一代地繼承下來。因此船組老人家船員都很明白撐舵夫說的漁規，而那些年輕船員卻是一知半解。

◇◇

「媽媽！妳還沒削地瓜做叔叔的便當嗎？」西巴其安從外面回家後對媽媽說。

「上來涼台吧！我正在這裡削地瓜，幫忙削地瓜吧，時間差不

多了。去屋內拿刀子，刀子在煮飯區上面的層板架中（maseksek dopakaw），仰頭就可以看到刀子了。」西巴其安的媽媽說。

西巴其安進屋裡找刀子，她在屋內東摸西找了半天。因傳統雅美屋的室內很暗，當時沒有燈可以看清楚屋內的東西。西巴其安找累了就坐在地板上休息，想著：「刀子到底在哪裡呢？」

「巴其安！妳在屋子裡還沒有找到刀子嗎？怎麼還沒出來幫忙削地瓜皮呢？」西巴其安的媽媽覺得她太慢了，像個三歲小孩一樣。

「屋裡這麼暗，我看不到要的刀子在哪裡。找了很久，都沒有找到。我已經累了就休息一下。媽媽！妳進來告訴我，這樣會比較快找到刀子。」西巴其安在屋內回應坐在涼台上的媽媽。

於是，她媽媽放下正在削皮的地瓜，走下涼台進屋來。因為沒燈光可以看清楚石階，當她走下石階時，一不小心右腳踩空，「啊！」一聲往前倒去。前額碰到石頭，「唉喲！」馬上手摸前額（zozogowan），發現有流血但還好不怎麼嚴重。西巴其安聽到有重物掉在地上，趕快走到屋簷去看，結果看到有一個人坐在石頭上摸著前額。西巴其安走近一看，原來是她媽媽。「媽媽！你怎麼了？」西巴其安問說。她很快地走到媽媽身旁，看媽媽受傷的地方。她看到媽媽的前額受傷流血，就用衣角把媽媽的血擦乾。

「巴其安！趕快從貯存乾肉的箱子裡拿出一片豬肉乾，然後起火烤它，用豬油擦在我的傷口上，這樣可以很快治療好傷口。」西巴其安的媽媽一方面教育孩子豬油可以療傷，一方面呈現出母女之情。

西巴其安很快地生起火，拿出乾豬肉來烤，把油滴在小椰子殼（tasaoi）裡面。她烤完後，回到媽媽身邊，用手沾熱豬油擦在媽媽的傷口上。她媽媽心想：「很懂事的孩子就是這樣」；但又想到：「是誰告訴她要這麼做的呢？！我還沒有正式教導她呢！」一時之間，西巴其安的媽媽也想不出原因。

不像現在的水泥房，傳統地下屋是蓋在地穴下，颱風來襲時不會被吹壞，是安全之地。在雅美族社會，孩子長大的過程都不相同，有的孩子很懂事，有的不懂事。沒有經過大人（父母）的教導，就能做老人順眼的事，母語叫 tonanekan no nakem，西巴其安就是屬於這樣的女孩子。

　　醫好媽媽後，媽媽對西巴其安說：「來！告訴妳，刀子都是放在這個地方，以後要找刀子，來這裡就可以了。」

　　西巴其安點頭表示明白。「媽！很對不起，都是我這個不懂事的孩子，害妳進屋時受傷了，都是我害的。媽媽！」西巴其安說著自己的不對，被視為是懂事的孩子。

　　「孩子！沒關係，我受的傷不嚴重，只是碰到石頭而已，是我不專心看路才招來傷害。做媽媽的應該讓孩子明白不懂之處，以後做事就會比較順利。」她媽媽的說法表現出對西巴其安的關心與母愛。

　　「巴其安！刀子就在這裡。你看，就是這把小刀，削地瓜很好用。來！我們去涼台吧，我還沒削完地瓜皮呢！」

　　隨後她們就上了涼台繼續削地瓜皮。「媽媽！妳削的地瓜太多了，以後就沒地瓜吃了。」西巴其安對削地瓜的媽媽說。

「這些地瓜不多，出海捕飛魚的有哥哥和叔叔兩個人，捕魚回來後肚子會很餓。巴其安！那把小刀很利，削地瓜皮要小心，如果割到手指可是不好受的。」她媽媽關心地說。

「我會小心的，媽媽！」西巴其安回應說。

母女倆繼續處理做便當的事。

 在雅美人社會，孩子的知識成長是從家庭的父母或兄弟姐妹學習而來的。家庭傳承讓孩子跟社會知識一起長大，使他們（孩子）順利應付社會問題。

◇◇

「小鬼！這裡就是魔鬼涼台，小心喔！不要往上看，要專注划船，否則魔鬼會抓走你的靈魂。」西多馬如哥對頑皮青年船員說。

頑皮青年船員雖聽到這句話，但不理會警告，仍轉身往背後看，看到船正接近一座黑色高牆，還以為像高牆的礁石快倒在船身上，會壓死船內的十個船員。他驚叫說：「那岩石島要倒下來了，大家快跳海逃命吧！」這時沒有人回應他，因老船員都明白這個時刻是不可以出聲的，也不能東摸西抓的，只有年輕船員才不知道這個地方的險要。

頑皮青年船員得不到其他船員的回應，又大叫說：「快逃命吧！高大岩石牆要倒在我們的船上了，會壓死我們的，快逃命！」坐在頑皮青年船員背後的西多馬如哥用腳尖用力踢他的腰部，他大叫說：「nga－kazakat（好痛啊）！你要死啦，怎麼這麼用力踢我的腰部，等一下我沒辦法用力划船了。」

的確，望南角是高大的岩石牆，在海上捕魚的大小船都必須經過這個地方，尤其是在黑暗的晚上，船隻進入這個地點時，這座高牆岩石彷彿就像從對向駛過來的船。不了解這地方的漁夫，還以為這石牆真的會倒下來，害得一些搞不清楚狀況的船員，為了保命跳出船外，游向岸邊。

　　紅頭部落沿岸的望南角地帶，是個尖突往南的地形。據古人說，這地帶是魔鬼（vongkoh）的住家，所以不論是在岸礁尋找螃蟹的漁夫或女人，以及船隻經過時，都不可以喊叫或說話。因此，十人大船經過時要安靜，以免讓魔鬼有機會上船，取代沒有精神划船的船員，對大船的海上作業造成不吉利。

　　「船主已事先吩咐過我們要安靜，你（頑皮青年船員）為什麼一定要在魔鬼涼台處說話呢？！萬一你的靈魂被鬼抓去當玩具，你會躺在地板上一百天都爬不起來！你願意承受這個後果嗎？」西俄那恩在旁邊對頑皮青年船員說。

「你有看過被鬼抓走靈魂的人是什麼樣子嗎？我願意靈魂被鬼抓去，反正我沒有女朋友嘛！從小到現在沒有一位女孩子喜歡我，我想試試看沒有靈魂的漁夫是個怎麼樣的男人。」頑皮青年船員小聲地對西俄那恩說。

這時，他們已經越過了所謂的魔鬼涼台。船員們開始比較輕鬆地划船，並舀出船內的水，也調正已歪掉的座椅。

「大家停止划船，稍微休息一下，整理身上的丁字褲，舀出船內的水，拴緊鬆掉的繩子......」撐舵夫按照作業的基本原則，吩咐船內的船員們。

在雅美族的船組社會，只有大船的撐舵夫，才可以吩咐海上作業的工作事項，其他船員都不可以越級說話。

「阿姨！你有煮給爸爸吃的便當嗎？」西曼莉芬關心爸爸回來時沒食物吃，所以問阿姨。

「我已經削完地瓜皮了，現在煮還太早會變冷，爸爸不喜歡吃冷的食物。」阿姨說。

「莉芬！妳快點睡吧，不可以在外面和男朋友約會。你要知道現在是飛魚季，青年男女不可以約會，連家庭夫妻都要分開來睡，不可以睡在一起。飛魚神看到雅美人不遵守牠設定的法律，就會減少不守規則的人的壽命。這不是我亂說的話，是世世代代相傳的飛魚季格言，

你要記清楚。」西曼莉芬阿姨道出真心話，傳授雅美知識給她，希望她能有這種神學知識，過完美的人生。

西曼莉芬懷疑阿姨知道自己有男朋友，便問說：「阿姨！妳怎麼知道我有男朋友？我從來沒告訴過妳，妳是從那裡知道的？」

「唉！對妳們小孩子還有什麼不了解的事呢？！我們老人家看多了，妳已經比我高，身體又比我強壯，已經是一個成熟的女孩子了，阿姨哪裡會不懂。是我們幾位老阿媽在一起聊天時，順便說說部落女孩子誰有或沒有男朋友。而且有人看到妳和男朋友在月圓時，手牽手一起在海邊沙灘上走。妳以為老天沒有眼嗎？！」西曼莉芬聽了阿姨的話，心服口服。

「阿姨！我有叫同輩女孩子到我們小工作房一起睡，她們可以來嗎？」西曼莉芬問阿姨。

「可以啊，不過那個門一定要關好，以防不速之客跑進來。」

「好的，我們一定會關好門，謝謝阿姨。」西曼莉芬回阿姨的話說。

這紅頭船組到達目的地漁場 jimaramay 後，撐舵夫說：「停止划船，先裝備一切工作，好讓我們順利作業。」他說完話後就停船休息，不過頑皮青年船員還是繼續賣力地划船。

在雅美族的船組團體，漁夫們都有不同的漁業敬業精神，發揮個人能力與勇氣。在十人船員當中，不一定每位船員的耳朵都是好的。船主吩咐的話，耳朵不太好的船員當然聽不到。此外，因為船員是加倍力量划船，根本沒帶耳朵去聽那吩咐的話，所以就繼續划船。這是從以前古人漁夫就常發生的事，到現在仍然如此。

「喂！小鬼，你聾子啊！停止划船了。在這裡休息一下整理工具，作業才會比較順利，漁獲才會豐富。」西多馬如哥要頑皮青年船員停止划船。

頑皮青年船員聽到後，就停下木槳，肺部上下千百次地喘氣。「活該！誰叫你一直猛力划船。」西其牙上看他喘氣不休地說。

停船後，撐舵夫開始綁住先阿拉芬的木槳，先阿拉芬就擔任撐舵的工作，不再划船。

「其牙上！鬆開火把的繩子，好取出火把給捕魚夫。」西多襄對他說。西其牙上聽到後，就解開火把的繩子。

船員們捕飛魚都是在摸黑的情況下進行，輔以點燃的蘆葦火把來吸引飛魚。在黑暗工作的船員都必須要有豐富的經驗來從事捕飛魚的工作，黑夜在海上作業的困難度很高，不像現在已經有手電筒可以照亮所要進行的事。

「叔叔怎麼找上我，你在我對面，為什麼不叫你做這個工作呢？」西其牙上對頑皮青年船員說。

「因為你被叫做小鬼，船員中當然先找最小身材的人工作呀！你

不懂這規則嗎？白癡！」頑皮青年船員得意地對西其牙上說。

「小鬼（頑皮青年船員）！取出一把火把給撐舵夫，準備捕飛魚了。」西多馬如哥對頑皮青年船員說。

頑皮青年船員聽到後，就順手取出一把尚未使用的火把遞給撐舵夫。「你才是啞巴的魔鬼啦！」頑皮青年船員對西多馬如哥說。

撐舵夫得到火把後，船員們就開始輕輕地往外面方向划去，並選擇好地點準備捕飛魚。撐舵夫拿起燃火的點火石，然後捻在火把的頭部。因蘆葦很乾燥，很快就燃上火花。

在海上燃燒火把捕捉飛魚時，船員們不可以發出聲音，不論是雅美族哪個部落的船組，都適用這個規則。若不遵守規則，船組可能會得不到半條飛魚而返航。在飛魚季的前兩個月，雅美族十人大船在海上作業時，只有捕魚夫和釣夫進行捕撈工作，其他船員只能划船到捕魚地點。這個捕魚夫和釣夫的職位與學問，像是學校裡的漁業科系，不是任何漁夫都能考得上的。這門科系除了哲學理論知識之外，還需具備神學道理，具有如此學問的漁夫才能勝任這兩項神聖的海上職務。

捕魚夫覺得火花亮得差不多了，就很快地站起來將火把立起，插在船尾上端，然後很快地取出套飛魚網（vanaka）準備去捕捉游來的飛魚，態勢如臨大敵。捕魚夫立起火把之後，其他船員們為了讓自己成為第一個看到飛魚的人，都雙手握著自己的木槳，睜開眼睛努力觀看百公尺以外的海面，看有沒有飛魚游過來。

「叔叔！有飛魚來了，就在我的木槳外面一點。你看，有沒有看到？」頑皮青年船員其實認不清楚海面上是飛魚，還是其他魚類，一

有動靜就喊叫著。其他船員聽到他這麼一說，無不提起精神注意海面周遭與大船周圍。

「才不是呢！叔叔，他說的是尖嘴魚（ahay），不是飛魚，搞不清楚、亂講！」西俄那恩確定那條魚不是飛魚。立起火把大約十五分鐘了，都沒有見到會在海面上跳 disco 舞蹈的飛魚游近船邊。海面的浪花使船員們的雙眼填滿了海水，導致船員流眼淚，用手擦眼睛，擦了百次也不停。和其他運氣不好的船組一樣，面臨可憐的擦淚經驗。

等了一陣子，捕魚夫覺得時間夠長了，而且沒見到飛魚上門。於是就自動取下火把，用木根打滅火花。船員們了解到要換地方，就開始繼續將船划到別的漁場。

等待捕飛魚時，要看到飛魚游過來才能開口說話，否則不可以說話或交談，也不能亂摸亂動或在身體上亂抓癢等。雅美漁夫在初次捕飛魚時，若得不到飛魚，證明其海上作業運氣不好。相反地，若捕魚夫剛立完火把，彎腰拿捕魚套網時，就有船員說：「有飛魚游進來！」捕魚夫也很快地把飛魚撈上船，如此則是大船運氣好的根源。雅美漁夫理所當然是在追求滿載而歸的幸福船組，而離棄徒勞無功的敗類精神。

「多馬如哥，我們還要去哪裡呢？」頑皮青年船員小聲地對西多馬如哥說。

「你還是不懂啊！我們在這裡捉不到飛魚是運氣不好！牠們到你們家作客了啦，不懂海洋知識！」西多馬如哥同樣小聲地回應頑皮青年船員。

「你舀船內的水吧！趁著這個時候舀出船內的水，因為船正在航行比較方便。」西俄那恩低聲對頑皮青年船員說。頑皮青年船員聽到後，停下木槳，舀出船內的水，使船更輕盈地在海面上航行。

船員們到達新選定的地點後，再次重複同樣的一切工作。捕魚夫立起火把後，船員睜大眼睛注意大船的四周，這一次同樣還是看不到飛魚的行蹤。接著，他們又前往別的漁場。船員們在划船時，無精打采地打著海水。當他們經過別人的船時，看到那艘船的捕魚夫彎身在海上撈起一條飛魚。老漁夫們都知道能得到飛魚是幸福的，而撐舵夫他們的船組裡有頑皮青年船員，不聽老人言，哪有幸福之理。

他們再次到達選定的漁場地點後，又開始工作。船員西其牙上解開火把繩，取出一個火把準備給捕魚夫。當他取出火把時，不小心刺到頑皮青年船員的背，「唉喲！你要死啦！」頑皮青年船員慘叫著。

「你懂不懂飛魚季規則，即使刺的很痛，你也不能大叫。四周的魔鬼聽到了，一定會上我們的船，這樣我們就會得不到飛魚而回航，你是我們船員中最差的一個！」西多馬如哥氣憤地說。

「不是啊！真的被刺得很痛，我又不是故意的，是被驚嚇到而回應啊！」頑皮青年船員說。

「你們不要再吵了，我們還在海上捕飛魚。」西卡多弗兒很不高興地對他們說。

聽到老船員的教訓後，他們就安靜了，繼續夜捕飛魚的工作。但

是，他們還是看不到飛魚游到他們的船邊。船員們在夜晚睜大了「雅美漁夫眼」，就是沒看到半條飛魚游進來，心情失望透了。捕魚夫取下發光百里的火把，打在舵柄上將火花撲滅。在一片漆黑的視野中，他們不知去向，只能聽從壞運的引導……。

「看這種作業情況，我們還要繼續捕魚嗎？」撐舵夫無奈地說。

「我們再試二、三次吧！運氣會轉變的，會對我們有利的。」船組中年齡最長的船員西卡多弗兒做這樣的回應。

在雅美族飛魚季內，大喊大叫這種舉動是不守漁規的，根據古人漁夫的格言，這樣的行為一定會招來不吉利的後果。在雅美族船組的社會組織內，只有長輩才有份量說話，其次是在糾正不當行為之時。就算是口若懸河之人，也不可以隨便發言。十人船員在飛魚季捕魚，一直沒有得到漁獲，船員們的心情是會很鬱卒而沒有精神再繼續划船。而老船員當然會明白這是厄運使然，如一個船員不可以和太太睡在一起，或觸犯其他違反禁忌之事，這些都會帶來惡運。相反的，運氣好的船組，第一把火立起來時，就能得到飛魚。如此，船員們的心情就會表現在很喜樂地划船，雅美母語稱為 akmimakakas do aniayan，意思是掉在去的地方（迅速得意）。

之後他們遵照西卡多弗兒的意思，把船划到別的地方。「拿出一個火把給捕魚夫啊！沒看到我們沒划船了，就停在這個地方捕魚。」西其牙上小聲地對頑皮青年船員說。

他聽到後就順手取出一個火把交給捕魚夫，然後蓋上火把的蓋子，以防火把被海水打溼。「這裡不是已經有其他的船在這裡捕過魚了嗎？！為什麼我們還到這裡來呢？」頑皮青年船員低聲說給西其牙上聽。

「你笨蛋啊！你不知道飛魚會飛嗎？飛魚會飛到這裡來的。不要說了，等飛魚飛過來吧！」西其牙上小聲地回應頑皮青年船員說。

　　隨後，捕魚夫立起火把。這個船組還是沒有看到飛魚游進他們的船邊遊玩，船員們只看見尖嘴魚在船邊跳 disco。他們很生氣地注目那些尖嘴魚，但不敢罵出心中的話，只好忍受厄運的作弄。捕魚夫見此情況，就取下火把打滅。不過，船員們還是沒放棄，又划到別的地方去。船正在航行時，頑皮青年船員小聲地對西其牙上說：「其牙上，哪裡會有飛的魚游過來，我的判斷是正確的，我們只看到跳 disco 舞的尖嘴魚呢！」

　　「不要囉唆了，趕快划船到別的地方去！」西其牙上說。

　　「到別的地方捕飛魚還不是一樣，只看到跳扭扭舞的尖嘴魚，因為這種魚喜歡在要亮不亮的視野中飛舞！」頑皮青年船員小聲地對西其牙上說。

　　之後，撐舵夫沒告知其他船員下一個目的地，把船開往很遠的地方，開到一個東北風比較強的海域。他知道那地點是飛魚的聚會所，老船員都知道那漁場是最佳的漁場，就算運氣不好，也會得到幾條飛魚。不過照古人漁夫說，要到這漁場需具備多項條件，如船身狹窄不可到那裡去，會翻船叫祖父來救。若運氣不好，將漂流他鄉作客。另外，沒裝備的船員露出身子會被尖嘴魚打幾針抗生素，讓你流血回家。要去那漁場，船員們都需穿上裝備，才能保護安全。

　　「嗨！其牙上，我們到底要去哪裡捕飛魚？都看不見岸上礁石，

黑漆漆的，風力又很強呢！」頑皮青年船員小聲地對西其牙上說。

「你沒聽到啊！西卡多弗兒長輩老船員說過，再到別的漁場捕魚，運氣會轉好的。你怕什麼，你又沒老婆在家，去他鄉流浪也很好啊！」西其牙上回應頑皮青年船員，帶著青年人的社會觀。

「不要說不吉利的話！如果我們真的漂流他鄉，定居在那裡，我看只有那裡的老阿媽會嫁給你。那裡的美女不可能喜歡你這種走路抖啊抖的男人！」頑皮青年船員小聲地回應西其牙上。

當船組到達特別漁場時，捕魚夫說：「火把拿來，地點到了。」坐在船中央的頑皮青年船員取出一個火把給捕魚夫。捕魚夫拿到之後，取出火埆，以尖嘴巴用力地吹起風來，使火埆燃上火花起火。

「你才漂到他鄉居住咧，只有駝背的老阿媽會嫁給你，那裡的女人看不上你這種尖鼻子的男人，這種男人很邪惡呢！」西其牙上沒忘記用言詞報復頑皮青年船員，並點出他的不雅身型。

蘭嶼島的外海有很多漁場，這些漁場只有在飛魚季期間才能使用。外海漁場風力強勁，一般沒帶裝備的船組是不能去的，以防萬一。這些漁場有各種魚類，鯊魚也不例外。去這種漁場，船員們要特別小心，族人的海洋意外事故常發生在這些外海漁場。

捕魚夫雖立起火把，但因為強風關係，火光不怎麼亮。船員們的視力也不怎麼清楚，同樣看不到遠方有什麼，只有細細的浪花飄舞著。有一條大尖嘴魚順著小浪花滑近船邊，被頑皮青年船員看到後驚叫地說：「叔叔！有飛魚游過來了。」其他船員一聽到他這麼說，眼神專

注地往他所指的方向看。因為風力過強的關係，看不太清楚海面上的魚。對老船員們來講，他們也是看不清楚的。但幾位老船員們為了好運氣，還是專注地觀察打近船邊的每波浪花。因為這個漁場的風力很強，火把發揮不了照亮的功能，光越來越微弱，也就看不見海面上的浪花了，當然飛魚或尖嘴魚也都看不見了。

「叔叔，那條魚不是飛魚啦！是一條大尖嘴魚，他沒看清楚就說是飛魚。」西其牙上看清楚那條魚後說。

捕魚夫為了看清楚那條魚，就用左手轉動火把，使火花燃起發出光亮。他看清楚之後，很快地把眼神轉到別的地方，希望自己能見到飛魚。在這風力強勁的漁場，這船組的火把很快地被風吹滅了。捕魚夫見到火把被風熄滅，就取下火把，然後蹲在位置上，對船員們說：「到此為止，如果我們運氣好的話，就會在這漁場捕到飛魚。可見我們的運氣不好，看大家要不要再繼續捕魚？」

「這樣好了，我們回航吧！看情況我們的運氣不好。」長輩老船員西卡多弗兒明白到不吉利的捕魚運氣，對船員們說。

於是，撐舵夫便解開船柄繩子，並重新綁好。之後就轉頭，把船首朝向返航的方向。他轉好彎以後，船員們就開始划船回航了。

「你高興了吧！可以回部落和女朋友約會了。」在回航時，西其牙上小聲地對頑皮青年船員說。

「不要說了，她已經不喜歡我了，但還沒分手。小鬼，你以為我

不知道你有女朋友嗎？！你回到部落也要去約會嗎？現在這麼晚了，人家都熟睡了。你是鬼嗎？！白天與晚上不分，白痴的男人不要再說話了！」頑皮青年船員小聲地訓斥西其牙上。

◇◇◇◇◇◇◇◇◇◇◇◇◇◇◇◇◇◇◇◇◇◇◇◇◇◇◇◇◇◇◇◇◇◇◇◇◇◇◇

「阿姨！爸爸的地瓜便當已經煮好了嗎？」西曼莉芬突然醒來對阿姨說。她一直很關心爸爸，希望爸爸回來後就有食物可以吃。

「我已經差不多煮好了，不熱也不冷。爸爸每次出海捕魚，我都很了解他喜歡吃的食物溫度，已經二、三十年了。他們這個時候就要回航了。」西曼莉芬的阿姨說出她的生活經驗。

「快睡吧！莉芬，明天會爬不起來。萬一船組有飛魚，就會要忙碌工作。」西曼莉芬的阿姨對她說。

 以前雅美人家庭，夜晚時間都是黑漆漆的，很難行動。時有老鼠在屋內的某個角落開一場歌唱會，分享豐盛的食物，害得孩子們無法安睡。

◇◇◇◇◇◇◇◇◇◇◇◇◇◇◇◇◇◇◇◇◇◇◇◇◇◇◇◇◇◇◇◇◇◇◇◇◇◇◇

「媽媽！你煮叔叔和哥哥的地瓜便當了嗎？」西巴其安剛從外面進到屋內就對媽媽說。

「我剛起火煮了。」她的母親說。

「媽！這樣會不會太晚了？叔叔和哥哥回來時，可能還沒有煮好，

那他們就沒點心吃了！」西巴其安關心叔叔和哥哥捕魚回來後會沒有食物吃。

「妳不了解的，叔叔和哥哥他們不喜歡吃冷的食物，只有熱的時候，叔叔和哥哥會比較喜歡吃。以後媽媽老了，換妳擔任這份女人工作，妳要學習媽媽在家的事務。知道嗎？」西巴其安的母親一邊說，一邊教育孩子。

「媽，我知道了，我會努力學習的！如果我嫁給沒有知識的男人。我才不管這麼多事情，我會離婚的。」西巴其安回答母親說。

 在雅美族的社會裡，生活知識都是從父母、兄弟和姊妹等來源學習來的。從小到大要學習各種不同的知識，家庭就是學校，高水準的知識是專心學習的成果。

厄運

在回航的路途上，這個船組的大船轉過望南角魔鬼涼台時，撐舵夫看見遠方的兩個燈光。燈光照射老人的眼睛，老人所看到的畫面均是世外桃源的風情，不知自己是老還是年輕，心情的喜悅，全讓不識泰山的靈魂引領而去。他老人家（撐舵夫）把船頭對準眼睛所看到的目標，船員們以為自己即將很順利地登上岸。

 雅美族十人大船在海上航行捕魚時，只有撐舵的船員看得見前方，其他船員都是看著後方賣力地划船。在蘭嶼，無論是哪個部落的船組都是這樣的。

這位撐舵夫順著回家的航線，操控著船舵柄。船隻航行在海面上，與兩個火光的距離越來越近，火光的亮度也越來越明亮。撐舵夫的眼睛被光亮的火把照瞎了，已經看不見回航的航線，只好把大船前頭朝燈光的那個方向前進。船內的船員以普通的力量划船，船在海面上慢慢前進。

突然一道波浪衝到船身上，很快地把大船推撞到岸邊礁石（keysakan），就像吃到石頭般聲聲作響。這時，船員們都大聲尖叫，並大罵撐舵夫。

大船翻倒後，船身很快地吸進一千 CC 海水。十人大船會觸礁是因為船被衝到岸上，這種大船觸礁是比較難推出外海的，船員們要花費好大的力量才能將船救起來。還好，船觸礁時海面風平浪靜，但這次的意外災害是不吉利造成的後果。

船一觸礁，大家就趕緊下船，奮力將大船往外海推。可是船底卡

在凹凸不平的礁石（kakawan）上，並不是那麼容易推開。船員們再怎麼用力，還是寸步難行。

　　海岸礁石上佈滿了海膽（taim），有幾位船員不小心踩到海膽，鋒利的刺針毫不留情地刺進他們的腳。船員們痛得哇哇叫，因為腳痛，想要將船身推出外海時，更顯得無能為力。雅美漁夫在海岸捕魚，最怕碰上海膽。輕傷的話，還可以走路回家。嚴重的話，得用膝蓋走回家，可能走到天亮都還沒到家呢！以前漁夫沿著海岸礁石行走，就像山羊在走路呢！不像現在水泥路那麼好走，如果遲遲沒有回家，家人一定會去尋找。

大船碰觸礁石時，如果運氣不好，礁石很容易把船板折斷，造成損壞破裂，那就無法再划船回家。如果運氣好，大船翻覆碰到礁石時，船板並沒有折斷或破裂，那就可以很幸運地回航。

　　「頑皮鬼，你沒有刺到腳嗎？！沒聽到你叫苦連天呢！你運氣真好哇！還是海膽怕你，不敢接近你的腳。」西其牙上說。

　　「活該！誰叫你爸爸（撐舵夫）把我們的大船開往海岸礁石，他到底怎麼了？」頑皮青年船員回應西其牙上。

　　「快用力推啊！（yotap）」西多馬如哥用力推出大船時說。

　　除頑皮青年船員還沒被海膽刺到以外，其他人都被海膽刺到腳，只是輕重程度不同。確實被海膽的細針刺到手腳皮肉，一定會叫苦連天，因它有劇毒，會深入傷害神經讓人感到痛苦。

　　「我的腳被海膽刺得很嚴重，沒有辦法踏上礁石了！」西俄那恩痛苦地叫著。

　　「唉喲！我沒有腳了。」船員移動大船時，頑皮青年船員被紫色海膽刺到腳，因而慘叫。

　　「活該！誰叫你不看海底，你以為海膽怕你，不敢刺你的腳嗎？」旁邊的西其牙上說。

「快點用力推船，你們還在講什麼話。」西多襄對西其牙上說。西多襄是個老船員，明白意外災害的嚴重性。而青年船員的漁業知識不足，覺得受害也無所謂。

之後，大家都在罵撐舵夫，罵他沒眼睛看路。撐舵夫被罵，知道自己錯了，為大家招來意外災害，因此沒有反駁他們。

「快點啦！把我們的大船推出海！要不然我們就要這樣受苦到天亮！快啊！」位在船首的船員看見這情況，吩咐著其他船員。

「對啊！我們要一直在這裡嗎？大家忍耐一下，把大船推到外海吧！難道我們不要回家見太太和孩子了嗎？！」西卡多弗兒老船員說。

「是啊！快點推船，拿出你最大的力量來，讓我們的大船能夠離開礁石，大家忍受痛苦救大船才能回航。」先順不老船員說。

之後，他們集中力量合力將大船推出，讓卡在礁石上的大船慢慢離開原來的位置。不過，因海岸礁石並不是一個平坦地帶，而是凹凸不平，使得他們非常費力地推著大船。

「哎唷！我的腳被魔鬼（海膽）咬了一口。」位在船首的一位船員被海膽刺到，痛苦地尖叫。他馬上蹲下來，想拔掉腳上的海膽刺。由於不知道海膽還在原來的位置，當這位船員的手指伸到腳時，又被海膽刺到了手，叫苦連天。

「小心，叔叔！海膽是沒長眼睛的。」頑皮青年船員對這位船員說。

「小鬼！你不要囉唆。」位在船首的船員說。

 以前蘭嶼島上的沿岸小路都不是平坦的路面，而是一些高低不平的礁石山野。上路的人一不小心，頭都會開花，腳也會跌傷，手就更不用說了。部落內又沒有可以醫治傷勢的地方，只有用自家的豬油治療傷口。在古時候，十人大船也常會發生觸礁的情況。不只是某一個部落的船組，在飛魚季期間每個部落都會不定期地發生意外。古人說：「海洋之子本來就是要接受海洋文化的洗禮。人生的九死一生在哪一個部落沒發生過？否則就是一個偷生的海洋之子了。」

◇◇◇

在海岸邊抓螃蟹和小魚的兩個女人聽到吵雜的聲音，就舉起握在手中的火把照亮四周，看見在不遠之處有一艘大船停在那兒，似乎有多人正在表演「推船舞」。她們知道那艘大船觸了礁，但不明白大船為什麼觸礁，船旁邊都是穿丁字褲的男人。她們很擔心，就很快地離開岸邊。當她們離開岸邊時，還回過頭去看看那些男性不速之客，心想那些穿丁字褲的男人會不會跟過來？！當她們走到了遠處，還聽得到那些船員推船的喊叫聲。走到安全的地方之後，她們才放心地走向回家的路。

「妳看到他們怕不怕？」一位女人問她的夥伴。

「當然很害怕，他們怎麼開往我們找螃蟹的地方呢？是不是想要

抓我們？！」那位女人回答說。

「我們快點回家吧！萬一他們跟過來的話，我們要怎麼逃掉？男人的力量很大，沒力反抗的！」另外一個女人說。

「我想他們不會跟來的，因為他們正在救自己的大船。而且這麼黑，男人是看不到路的。要是掉進水溝裡，頭還會開花呢！我們是有燈火的，走得比較快。好了！不說了，快點回家比較安全。」一個女人說。

<><><><><><><><><><><><><><><><><><><><><>

這些船員帶著極痛苦的身體，用盡全身的力量將大船推出礁石。他們在推大船時，赫然聽到船板被礁石撕裂的聲音。對觸礁的大船而言，大船的重量與礁石摩擦時所引起的碰撞是在所難免。如果運氣不好，就會有一、兩片船底板被撕裂，破裂的大船會因漏水而下沉、不能再回到海上。如果真的發生這種情形，船員只得走路回家。還好這大船只有一些裂縫，滲入一點海水，損害並不嚴重。

他們把大船推到外海之後，船員們就上船返航。在回航中，為減輕船身重量，其中兩位船員將漏進船裡的海水舀出去，讓大船以比較快的速度航行。

「快舀水啊！海水漏進來很多。」頑皮青年船員對西其牙上說。

「白痴啊！沒聽到我在喘氣嗎？我都快休克了，還在那邊一直趕我，小鬼！」。

「活該！是你爸爸把我們的大船開往礁石上的，他到底看到什麼東西啊？」頑皮青年船員低聲地對西其牙上說。

受難的這一夜，海面風平浪靜，讓他們能夠順利平安地返航。如果那時海浪很大、風又很強的話，大船碰到礁石時，船身可能會斷裂。更不用說，船員的手腳也可能被海浪打斷，而頭或身體勢必被礁石抓破。如此哪還有能力回家？！而蘭嶼又沒有地方可以治療海洋之子的傷勢，慘狀應不難想像吧！

◇◇◇

「媽媽！叔叔和哥哥怎麼還沒有回來呢？」西巴其安突然爬起來對旁邊的母親說。

「對啊！以前他們出去捕飛魚，都是很快就回來，不會超過午夜。就算有很多魚，也不會那麼晚才回來。」西巴其安的母親回應她。

「而且我煮的地瓜便當（ratngan）已經冷掉了，叔叔是不喜歡吃冷的食物的。」西巴其安的母親接著說。

「媽媽！叔叔和哥哥他們會不會出了什麼問題，才會這麼晚還沒回來？」西巴其安很不放心地說。

「有一個古代傳說，如果十人大船出海捕飛魚出了問題，十個船員的家人都會作不吉利的夢，讓家人知道船員發生意外或災難。他們不

會出問題的，安靜去睡吧！我沒作不吉祥的夢，放心去睡覺吧！」為安撫孩子，西巴其安的母親如此說。

◇◇◇

「阿姨！爸爸怎麼還沒有回來呢？」西曼莉芬問說。

「是啊！我覺得他們回來晚了，不知道發生什麼事？我煮給爸爸的便當都已經冷了。」西曼莉芬的阿姨說。

「快去睡吧！爸爸他們可能在船主家取暖烤火吧！」西曼莉芬的阿姨對她說。

◇◇◇

「請大家注意！我們快進港了。要注意看左右兩邊忽隱忽現的礁石，以免划船槳衝撞到礁石會斷掉。」撐舵夫吩咐船員們。

「小鬼！注意看好你槳邊的大礁石喔！」西其牙上對頑皮青年船員說。

「我才不管呢！我的腳非常的痛，要我怎麼下船呢？你可以抱我下船嗎？小鬼！」頑皮青年船員反駁地說。

當他們到達紅頭部落的灘頭下船時，他們的腳第一個碰到的就是

石頭，因為海膽的刺針還留在他們的腳足皮肉之內，船員們當然痛得哇哇大叫。

 留在皮肉裡的海膽刺針是很難拔掉的，當雅美人被海膽刺到時，當場只能用熱熱的尿水來洗，這樣刺針就會很快地自動從皮肉中彈出來。如果你沒用尿水洗，那就只好爬著回家了！

當船員上岸回到船主家時，全都像跛子一樣，一拐一拐地走路。「小鬼，你以前不是很正常嗎？怎麼現在突然當起跛子遊民了呢？！」西多馬如哥用諷刺的口吻對頑皮青年船員說。

「你要死了！沒看到我被海膽刺到，摔得很重嗎？！你不懂得同情別人啊！」頑皮青年船員說。

之後，沒有一位船員再罵這位撐舵夫了，因為大家知道要彼此相愛，互相包容。有關雅美族海洋漁撈的生活知識，船組的老船員們都很明白。只有船組的青年成員不了解部落船組的組織功能。前往船主家的路上，他們走的是飛魚小道，腳底踩的都是小石頭，碰到海膽刺時會蹲下來忍受痛苦。痛苦減輕之後，又會站起來小心翼翼地慢慢走。

船員們到達船主家之後，就到工作房前面的場地上生火取暖。他們遵守雅美傳統，不使用木柴作為生火的材料，而是利用剩餘未使用的火把來燒。他們圍著火光，有說有笑地進行趣味的團體活動，並談論著大船觸礁的個人經過。

「回航時你為什麼沒有看清楚岸邊的航線呢？」同輩的老船員問

撐舵夫。

「因為海面風平浪靜，很難看清海岸礁石。我以為航行的位置是在正規的回航路線上，再加上岸礁的那兩個燈火光照射我老人家的眼睛，使我更看不清楚船頭要朝向哪一個方向會比較安全，導致我們遭受了意外災害。」撐舵夫回應同輩的老船員。

這位同輩老船員，只受到輕微的海膽刺傷。其他圍在火邊取暖的船員聽到撐舵夫的真心話，便心服口服了，只好自己忍受痛苦的滋味。

受重傷的船員先後離開船主家，回家治療極痛的傷口。受傷不重的船員把受傷的腳靠在火邊，減緩痛苦的心情。這樣的治療方法是船員們依據祖先傳下來的知識，因為熱度可以減輕痛苦。

有兩、三位船員的屁股也被無情的海膽刺傷。這樣的傷勢更慘，因為漁夫划船時是將屁股坐在小椅子上，這樣不叫苦連天才怪！當然他們沒辦法真的坐，而是用蹲的姿勢划船回航。

有一位船員說：「當我的腳被海膽刺到時，就蹲下來想用手拔掉海膽刺。這時，我根本沒看到礁石上有一個紅色海膽，在那兒等著我硬梆梆的屁股肉。我唉喲慘叫了一聲！趕快站起來用手小心觸摸被刺痛的屁股。心想，我是海洋男人嗎？！忍著痛苦一根一根地拔掉留在屁股上的海膽刺，直到拔完為止。當然，細的海膽刺會很快斷掉，留在屁股肉內，會更加痛苦。」

另一位船員說：「我是最慢下船的，因為我的木槳碰到礁石，還好我很快壓住，讓木槳很快提起來，讓我可以慢下來救我們的船。我並不是個沒有志同道合精神的船員，下了船之後就趕快將身體蹲下，雙手摸著船邊，屁股再往下彎一點，這樣才有很大的力量扶著大船。當我彎下屁股時，突然屁股被一條『獨眼龍海鰻』咬了一口。我大叫一聲，很用力地站起來，摸摸屁股，看看是否掉了一塊肉！我摸到的是好幾根豎立在屁股上的海膽刺，我忍痛把這幾根海膽刺拔掉。不管是怎麼慘痛，我還是坐在位置上划船，就是為了要回家看情人，才不顧一切。」

　　「我一下船踩上礁石時，兩隻腳全被黑色的海膽刺針刺進腳足皮肉內，感覺非常痛苦，實在很難走動。但我想到大家的災害是我招來的，於是我千萬般地忍著，想說就是昏倒在海岸上，我還是要爬起來救我們的大船。當時，因為我要負起責任，顧好船舵不被折斷，舵柄架也不可以損壞。於是，我發出全身的精力撐著大船，更不讓船身歪斜，以免損壞船兩旁的划船槳。當我踩到海膽之後，腳已經麻木了，這是我一生中還沒經歷過的場面。我甚至還喊叫已故的父母來救我們！要不然，我們不會那麼輕鬆地把觸礁的大船推出外海。最後，讓我們平安回到家。」撐舵夫敘述當時的經過。

　　「好啦！時間已經很晚了，家人會不放心的，快回家吧。」西卡多弗兒說。

　　「對啊！我們已遭受意外災害了，我們後續還要召開會議去解決問題，快回家治療傷口吧！」西多襄老船員接著說。

在雅美族船團的社會組織中，若船組受到災難，只有長輩船員才可以說話，青年人是不可以在團體內說話的。雅美人的船組團體不是採取民主制度的價值觀，而是遵行敬老尊賢的人生精神。

◇◇

「an！（母語）你們在家嗎？我回來了。」先曼莉芬回到家門時問。

「爸爸，你回來了！我和阿姨都很不放心。」西曼莉芬先回應爸爸。

「莉芬，先給爸爸換上衣服、吃點心，等一下再去了解爸爸晚回家的原因，不可以馬上對爸爸說話，快去拿爸爸的點心！」西曼莉芬的阿姨說。

西曼莉芬的阿姨接著說：「你要換的丁字褲就在工作房的進出口，為你準備好了。」先曼莉芬聽到後就轉身去工作房換丁字褲和衣服，然後進入屋內。

「請用點心吧！家裡沒什麼好準備的食物，僅是地瓜湯而已，快用點心吧！你已經很餓了。」西曼莉芬的阿姨關心先生餓壞了肚子。

「當我們到達漁場捕飛魚時，都沒看到一條飛魚。雖然我們沒看到飛魚，但還是以捕飛魚的慣例作業。我們覺得運氣不順就返航回來了。划到 jiyanivong 這個地點時，大船就衝撞了海岸礁石。這時，

我們就趕快下船推船，將船推離礁石。當我們下船時，船員的腳都被礁石上的海膽刺傷，大家都痛苦地大叫。我被刺到的腳還好，因沒踩到海膽，只有腳皮被刺，但是海膽刺針刺到骨肉神經裡就很痛苦。我的兩隻腳都被海膽刺到，本想用手拔掉腳上的刺，但是想到如果大船倒退的話，船板一定會破洞，我們就沒辦法回航了。另外想到刺到皮肉裡的海膽刺不容易拔掉，只會斷掉，所以就算了，只有忍受極痛苦的傷勢。其他船員都慘痛地大叫，尤其是那些青年船員們更叫苦連天。他們還沒經歷過海上作業的意外災難，所以他們是禁不起考驗的。而我們老人家船員認為這樣的遭遇與一般的災害沒兩樣。我們會這麼久才返航，是因為大船觸礁時剛好是退潮，所以推船出外海是非常困難的，簡直是寸步難行。加上大家都被海膽刺了腳，造成我們很慢回航，讓家人操心了！」先曼莉芬簡述災難經過給太太和孩子聽。

「當你們回航時，撐舵的船員他怎麼沒看海岸礁石呢？他不是很習慣大船返航的航線嗎？怎麼會突然走向礁石呢？」西曼莉芬的阿姨對先生說。

「可能是因為今晚的海非常平靜，所以撐舵的船員看不清楚岸邊的礁石。在晚上，海面是光滑的，有反射光，會讓老花眼的老人看不清楚方向，讓撐舵的漁夫把十人大船開往不同的地方。不是只有我們，其他部落的船也都一樣。」先曼莉芬述說男人漁夫夜晚捕飛魚的經驗。

◇◇

這船組所有船員到家後，先治療自己腳上的傷口及其它傷處。在

吃完點心後，都告訴家人自己在捕飛魚時發生的不幸遭遇。之後，就陸陸續續回到祭主家集合，大家都安靜地在自己的位置上躺著。

「叔叔！阿姨醫好你的腳傷，還是你自己治療好腳和屁股的傷口呢？」頑皮青年船員問撐舵夫。

「我的腳和屁股現在比較不痛了，我採用祖先傳下來的知識，作為海膽刺傷的治療藥方，所以減輕了我的痛苦。」撐舵夫很誠實地說。

「叔叔！祖先老人說有兩種治療海膽刺傷的方法。現在我的腳和手都還很痛。我沒有用藥塗傷口，只是在火邊烤熱、解輕痛苦而已。母親也不告訴我該怎樣治療傷處，以後我才不會拿海膽給母親吃呢！叔叔，你能告訴我那兩種治療方法嗎？」頑皮青年船員想知道祖先傳下來的治療方法。

「喂！小鬼，你還沒聽說過嗎？！你的社會教育都沒有教你嗎？你是怎麼長大的呢？連這個最簡單的知識都沒有，我看你以後會娶不到老婆，活該的你啊！治療海膽刺傷的方法是雅美人社會知識中最先得到的，而你還不懂！如果我告訴你，你會打家裡的小米給我吃嗎？雅美人傳授知識可是要回報的呢！你懂嗎？如果你家沒有小米，我怎麼會告訴你？！你被海膽刺傷不就是活該嗎？」撐舵夫的這番話點出雅美人社會教育的重要性。

「叔叔，快告訴我能醫好被海膽刺傷的方法吧！我的雙手也被海膽刺到，很痛苦的。那時候，我沒辦法用力划船。叔叔！這都是你害

的，不是嗎？叔叔！」頑皮青年船員回嘴說。

「小鬼！說話小聲點。好啦！我告訴你，但是你一定要按照我的話去做，不然我就白講了。」撐舵夫微笑地對頑皮青年船員說。

「你是叔叔，我當然會聽你的話，按照你說的去做啊！」頑皮青年船員回應說。

「要治療被海膽刺傷的身體各部位，最快的方法就是將人的小便潑在傷口上，讓海膽刺針自動地跳出來而治好傷處。第二個方法是用烤熱的豬油（aneng），趁熱時擦在痛苦傷處，這樣就可以慢慢地減輕痛苦了。」撐舵夫告訴頑皮青年船員治療海膽刺傷的傳統智慧。不過，他心想：「這位年輕又頑皮的夥伴到底會不會採用我告訴他的方法來醫治自己的傷痛呢？」

「喔！謝謝叔叔，我明白了。可是請問叔叔，我的傷口要用什麼人的小便滴在我身上呢？另外問叔叔，女人的小便比較有效，還是男人的尿水比較好？」頑皮青年船員繼續問撐舵夫。

「我長到這麼大，人已經老了，憑我的經驗對你這傢伙說，採用女人的尿水是比較有效的，男人的小便功力比較慢治好傷口，不要忘了這個祕訣！我是好意告訴你，讓你可以很快被醫好。」撐舵夫對頑皮青年船員說。

「叔叔！如果照你說的話，我哪有女人可以尿在我的腳和手呢？

我的女朋友是剛認識的，她不可能會尿在我手上。我還是用男人的小便來治療我的傷口好了。叔叔！我的爸爸不在世了。」頑皮青年船員聽了撐舵夫的吩咐而回應說。

不過撐舵夫心想：「這位青年夥伴到底會採取哪種方法來治療自己的傷口呢？」

「喔！叔叔，謝謝你告訴我，我已經明白了。聽你這麼說，那你的傷口是用阿姨的尿水治療的吧？！」頑皮青年船員對撐舵夫說。

 在雅美族社會裡，一個船組中往往都有一、兩個不聽話船員。不論哪一個部落都會有這種男人存在，在社會團體中總會有正面與負面的人共同存在。

◇◇◇◇◇◇◇◇◇◇◇◇◇◇◇◇◇◇◇◇◇◇◇◇◇◇◇◇◇◇◇◇◇◇◇◇◇◇

「媽媽！原來叔叔和哥哥很晚回家的原因是他們觸礁靠岸了，他們也都被礁石上的海膽刺傷了。」西巴其安說。

「是啊！從以前到現在都有觸礁受難的大船，還好叔叔和哥哥他們還是帶著船順利回航了。以前的漁夫在他們的大船被大浪打壞後，只有人能回家。在家的漁夫太太們都要守規矩的！」西巴其安的媽媽想讓孩子多了解雅美族的社會知識。

「媽媽！妳剛剛說在家的太太們都要守規則，這是什麼意思呢？」西巴其安疑惑地問著。

「西巴其安！妳是還沒結婚的女人，所以不懂很多社會的事。這句話的意思是說做太太的人不可以去愛別人的丈夫，也不可以去喜歡很帥的青年人，要堅守太太的身份。因為這些事情都會關係到先生（漁夫）的命運。」西巴其安的媽媽回答說，回應中帶出雅美族的一些家庭規則。

◇◇

「阿姨！爸爸晚回家是因為他的腳和屁股都被海邊的海膽刺到了。為什麼他會被海膽刺了呢？爸爸他們不是坐大船去捕飛魚的嗎？」西曼莉芬問阿姨。

「是這樣的，爸爸他們捕飛魚時，風平浪靜的天氣讓撐舵夫很難認清海岸回航線，因此使十人大船衝到岩石島而觸礁，造成船破人散。爸爸他們的十人大船觸礁後，很難推到外海，而海邊礁石上坐立著許多海膽，踩到時腳會被刺得很痛。海膽刺是有毒性的刺針，爸爸他們全被海膽刺傷了，所以很晚才回到家。還好大船觸礁時沒有破壞到船板，否則爸爸他們就只能走路回家了。」西曼莉芬的阿姨告訴她爸爸的遭遇情況，以及捕魚夫的以往經歷，讓她認識更多的海洋知識。

西曼莉芬了解了阿姨說的話，心想男人在海上捕魚會遇到很多災難，還好我是女人，不會經歷這種人生折磨，就沒再繼續問阿姨了。

◇◇

「你們兩個人一直講什麼話，很吵呢！我們都受傷了，要安靜地

躺著休息！」西卡多弗兒老船員為了讓他們安靜下來，叫他們不要再吵了。

「頑皮青年船員不聽話（Jiyananao sitakxes oito），我受傷最嚴重啦！這次受難是我招來的禍，所以沒有想到海底礁石的海膽和鰻魚等這些傷害人的東西，一下船就使出全身所有力量，頂著我們的大船往外海推出。腳底踩到的海膽都當場碎掉了，數不清的海膽刺針刺進我的腳皮肉，我都不在乎身子已經麻木了。我只專心地想把十人大船推出外海，讓大家平安地回家，還好今晚是海平浪靜的天氣，否則事情就不堪設想了。哥哥（西卡多弗兒）！如果不是這樣的話，你也很難再見到漂亮的太太呢！」撐舵夫道出受難時的真心經歷，所講的這一番話讓船員們聽了頓時覺得心中的痛苦減輕了不少，且感到喜樂。

西卡多弗兒是這個船組的長輩，一生中娶了不同個性的女人，但始終得不到孩子。他身子肥胖，行動遲鈍，夜晚捕魚是他的專業。這次受難，他也不例外地被海膽刺到了腳。但他老人家的腳底皮很厚，又經常踩踏礁石，所以他老人家沒有感到痛苦。

「我很正經地告訴大家，船組的意外遭遇是因為違背了傳統規定而產生的問題，我們應該要很明白這一點，這個知識是古人傳下來的格言。當然我們這船組也務必要遵守，一定要做到避邪動作，不是說說笑笑就完事了。」長輩西卡多弗兒告訴其他船員，讓他們明白雅美男人的海洋作業有一些重要的基本原則。

然而，沒有一位船員回應他。因為在雅美族的船組社會裡，長輩說話，只有同輩的老船員可以作回應動作。其他輩份低的船員都閉口聆聽長輩的訓話。有些船員心裡想著：「一定是因為頑皮青年船員不聽話，在海上時常鬼吼鬼叫的，違背了傳統規定，才導致翻船，讓大家厄運上身…。」

　　「各位船員，天已經很亮了，現在我們各自回家。在月圓時候，大家再回到祭主家，我有話對大家說，請各位都要到齊！」撐舵夫在解散船員之前，對他們說這句話。

◇◇◇◇◇◇◇◇◇◇◇◇◇◇◇◇◇◇◇◇◇◇◇◇◇◇◇◇◇◇◇◇◇◇◇◇◇◇

　　「快來吃早餐了！你們這麼晚才解散回家，傷口還要繼續治療的。」西曼莉芬的阿姨對先生說。她知道先生的傷口還要繼續治療，才能正常工作或走路。

　　「我知道，剛才我們在祭主家時，撐舵夫對我們說在這月圓日子要集合船員，討論我們所遭遇的意外災害，他有話要跟我們說。」西曼莉芬的爸爸一邊吃早餐一邊告訴太太所聽到的話。

◇◇◇◇◇◇◇◇◇◇◇◇◇◇◇◇◇◇◇◇◇◇◇◇◇◇◇◇◇◇◇◇◇◇◇◇◇◇

　　「哥哥，叔叔！你們很晚才解散回家。我和媽媽一直在家等你們用早餐呢！」西巴其安在哥哥和叔叔進屋內休息時說。

　　「船組的團體文化，妳是不明白的。船組都是男人的社會，妳哪

會懂，不必問了。男人有男人的事，女人有女人的事。我們在那裡當然是談很多事情，如捕魚、划船和海浪節奏等。尤其是那位頑皮青年船員，話都沒停過，非常的囉嗦，還跟叔叔（撐舵船夫）說了一大堆廢話，他真的不明白大人與小孩的知識差別。」

「哥哥！給你媽媽烤熱的豬油，敷在你的傷口上，就會減輕痛苦了。」西巴其安說。西俄那恩接到熱豬油後，塗在自己的傷口處。除了腳之外，手和屁股等多處也都受了傷。

◇◇

「先生！天已經很亮了。我準備的早餐都已經冷了，我們快用餐吧！」撐舵夫的太太對先生說。

「我們在祭主家都沒睡，一直在談論遭遇意外這件事。大家都一直在找原因，談的都是不同的因素，所以就晚回家了。因為這次受難事件是我招來的，所以我對他們說月圓時，大家要到祭主家聚會，我會有話對大家說的。」撐舵夫誠心地對太太說。

他太太聽到先生說的最後這句話，並不明白是什麼意思。通常雅美夫妻之間的對話是毫不保留的，雖然不是很明白先生的那句話，但她不通常過問，以免招來夫妻之間的爭吵，她的行為符合雅美女人的風範。

「快一點用早餐吧，你去捕飛魚累了，多吃一點東西填胃！肚子

裡沒東西，做不了什麼事情的。男人應該多吃一些食物，好應付一切的工作。」撐舵夫太太關心先生地說。

「對我來說，發生這件海難，不是說事情過去就過去了。我們當然要做避邪動作，最重要的是要解決以後的事。到時候，我會再詳細地告訴妳。」為了讓太太安心，撐舵夫用這樣的話告訴太太。

這個船組自從意外觸礁後，大約有兩個禮拜沒有下海捕飛魚，他們都在家裡治療傷口。雖然有幾位船員的傷口比較輕，但人數不足無法讓大船下海捕飛魚。家裡貯存的豬油是船員們最好的藥，雖然有幾位船員用人尿治療自己，但是深入皮肉內的海膽刺卻無法根治。

在雅美族的社會文化裡，船組在海上作業遭遇意外災害，在事理未明之前，船員無法安靜過日子。船員們一定要想辦法來解決問題，如此才能安心過日子。在古時候的雅美人祖先就已經設定這些道理，這些道理構成了雅美的海洋文化精神，且經族人代代相傳至今，在蘭嶼不論是哪一個部落都會遵守海洋文化精神。

「太太！為配合祭主家要招待船員，妳今天到我們的芋頭田去挖食用的芋頭。我們先以小豬（ipapakan so rarake）表達對老父母的尊敬之意，並且做為避邪之用，當然後續還有大節目。」撐舵夫想到月圓日快到了，對太太說。

「先生！我當然會聽你的。事情是你招來的，理所當然你要想辦法解決船組的問題。」他太太明理地回應先生。

◇◇◇

「西俄那恩！你去通知船組所有船員到我們祭主家來，因今晚是月圓的日子，而我家沒什麼食物可以招待大家的辛勞。」西卡多弗兒已準備好招待船組船員的食物，對著西俄那恩說。

「好的！我要不要帶什麼工具或穿禮服去通知他們？」西俄那恩問說。

「你不必帶任何工具，也不用穿禮服去通知他們。你只要去船員家，告訴他們說今晚祭主家要慰勞大家的辛苦，因為今晚是月圓的日子。」西卡多弗兒對西俄那恩說。

◇◇◇

西俄那恩先到撐舵夫那裡，看到他坐在靠背石上，對他說：「叔叔！今晚要到祭主家集合，他叫我來通知你，不要忘了，一定要去

喔！」

「喔！我知道了，一定會去的，那阿姨她也要去參加男人的聚會嗎？」撐舵夫問西俄那恩。

「我不知道阿姨可不可以去，西卡多弗兒沒告訴我是不是可以帶船員的太太一起來。」西俄那恩回話說。

「好！那你快去通知其他船員吧！」撐舵夫說。

「太太！我先把抓來的山豬送去祭主家，在那裡殺掉處理。等一下妳帶一籃芋頭過來好嗎？」撐舵夫對太太說。

「好的！我先把芋頭裝在籃子裡，馬上就抬過去。」撐舵夫的太太說。

◇◇

「頑皮鬼！今晚要到祭主家集合，叔叔交代我通知大家今晚在他家過月圓節，你知道嗎？」西俄那恩對頑皮青年船員說，並不是太誠心誠意。

「小鬼！你一講我就要去喔？我的傷口還沒好呢！叫我怎麼吃會讓人放屁的地瓜啊！對了，我今晚要和女朋友約會！她是別的部落的女人，我們已經約定好了，沒時間和你們開音樂會。反正你們是在吃

東西和唱歌，我才不喜歡這樣的老人活動。」頑皮青年船員回答西俄那恩說。

「好！你不來，那是你的作風。你瞭不瞭解在飛魚季期間不可以和女人在一起？飛魚神會抓走你的靈魂，讓你在床上躺一百天都爬不起來呢！你想當床上的木頭人嗎？！蘭嶼是沒有地方可以治療你的。」西俄那恩告訴頑皮青年船員這項相關飛魚期規則。

「喔！我當然知道蘭嶼沒有地方可以醫治。你說飛魚神會來抓我的靈魂，那我就要讓你看到飛魚神來抓我的靈魂。如果你看不見我的靈魂被抓，那麼你才是會在床上躺一百天都爬不起來的男人呢！到時候，你媽媽就是你的醫生了。」頑皮青年船員反咬了西俄那恩一口。

「如果你反對雅美族傳統飛魚季規定的話，那你為什麼還要加入船組團體？這是代代相傳的雅美人漁業制度呢！難道你沒聽說過嗎？」西俄那恩對頑皮青年船員說。

「我看你啊也沒多了解我們這船組的根源，你以為我是局外人，隨便加入船組團體的鍋蓋頭男人嗎？我們可是大家族呢！至於你說的，在飛魚季內不可以和女人在一起，這規則其實你也不懂。祖先設定規則的目的，是要一位雅美漁夫具有敬業精神，才能使船組有幸福快樂的生活。」頑皮青年船員很機智地回應西俄那恩。

頑皮青年船員又接著說：「好了，西俄那恩，不要再跟我說了。快去通知其他船員，這是你的責任呢！」。從這段對話中可以看出西

俄那恩的才智比不上頑皮青年船員。

　　頑皮青年船員始終穿不好身上的丁字褲，有幾位船員經常告訴他要把丁字褲穿好一點，可是他就是不聽。無論是在慶典或平常日子，他都穿著老舊的丁字褲。穿舊褲子，再加上不是帥氣的男人，讓他的長相看起來像森林中的野人。

◇◇

　　西俄那恩通知好船組船員之後，回到祭主家告訴主人（西卡多弗兒）通知船員的經過，好讓主人明白十幾個船員的情況，該準備多少食物來慰勞船員們的辛勞。

　　「叔叔！我都已經通知好船組船員們了，只有那個頑皮鬼船員不聽我的話。他可能不會來，他說月圓是男女青少年約會的日子，他要去和女朋友約會，所以他不會來參加船員團體的月圓活動了。」西俄那恩告訴祭主。

　　「他不參與這個活動沒關係，是他自己可憐，會有意外災難的。他知道船組團體是什麼嗎？在團體組織內可以增加自己的知識，尤其是捕魚方面的常識。船組內的不同漁夫各有專長，是可以學習的。看他喜歡往哪一方面走！」西卡多弗兒告訴西俄那恩，順便教育他。

　　「哥哥！我帶來了剛抓的小豬，不大的，作為避邪之用。時間還早，我和西其牙上、西俄那恩三個人來處理就好了，拿刀子和陶碗來

就可以了。」撐舵夫到達祭主家後，對祭主西卡多弗兒說。

西卡多弗兒聽到後，很快地進入屋內拿出刀子和陶碗給撐舵夫，同時面露微笑、心情喜樂。祭主知道船組有了避邪用的豬，船組下海捕飛魚就不會再遭到意外了。

「弟弟！我看這條豬是大隻的了，有家畜可以避邪，贖回好運氣真是好事。我們船組以後在海上捕魚就可以安心，可保住船員的生命了。」西卡多弗兒說。

「哥哥！這件事我懂，我的責任當然最大，我會解決大家的問題。」撐舵夫回應西卡多弗兒。

「叔叔！我來抓緊豬的腳，你來殺好嗎？這樣比較好處理。西其牙上！你去祭主的工作房內拿三把茅草來好嗎？我跟你爸爸來殺這小豬就好了。」西俄那恩說。

「叔叔！乾茅草在哪裡？西俄那恩叫我去拿。」西其牙上問西卡多弗兒。

「在工作房裡面的地下室，那裡有一堆我儲存的乾茅草。你拿幾把就可以了，豬不大，不需要太多茅草來燒。」西卡多弗兒對西其牙上年輕船員說。

西其牙上知道後，就去工作房內找乾茅草。工作房內很暗，黑漆

漆的。西其牙上進去後，東摸西抓的，就是找不到茅草，又出來問西卡多弗兒說：「叔叔！我找不到乾茅草，你放在哪裡呢？」。

「你進去工作房後，再走進去一點，靠石牆那裡就可以找到乾茅草了。快去！他們已經殺好豬了，只等你搬出茅草來燒。」西卡多弗兒很大聲地對西其牙上說。

西其牙上聽到後，又進去工作房找茅草。這次他找到乾茅草，並帶出三大把送去西俄那恩那裡。接著，他們三個人開始點燃茅草燒豬。

雅美人以前的傳統住屋內是一片漆黑，屋內沒有任何一盞燈光，可以照亮東西。雅美人只能憑著平日生活的熟悉感，來認識屋內的角落。陌生人進到別人家時，很難找到需要的工具或食具等。有時，外人進到地下屋時，還會被窄小的上門卡住頭部，很容易撞到頭。

「先生！這芋頭要放在哪裡？」撐舵夫太太到達祭主家後，對正在燒豬的先生說。

「你到住屋內找祭主的太太，她在屋內很忙，你可以去幫忙她做事，她正在煮地瓜。」撐舵夫對太太說。

撐舵夫太太聽到後，心想：「你不會幫我把一籃的芋頭拿進屋內給祭主家人嗎？作為夫妻這麼不體貼，難道不知道我背到祭主家的籃子很重嗎？」撐舵夫太太隨即背著芋頭進到屋裡去。她慢慢走下石磐（石階），然後把一整籃的芋頭放在前室（sesdepan）。她在那兒休息了一下，恢復元氣。

「姊姊！你在屋內嗎？我帶了一點食物來這裡煮，我是來幫妳做事的。」撐舵夫太太沒見到人，對裡面說。

「喔！好的，你帶來的東西拿進來吧！我正在煮一鍋地瓜飯，旁邊還可以煮東西的。」祭主太太回應說。

於是，撐舵夫太太帶著一籃芋頭進到屋內。「唉喲！」撐舵夫太太進屋時碰到門框上方，慘叫一聲。

「小心一點！情緒不要太緊張，做事慢慢來。屋內有很多角落容易讓人受傷的。」西卡多弗兒的太太說。

西卡多弗兒的太太接下籃子裡的芋頭，一個一個放在盆子（kazapaz）裡，並說：「哇！哪裡挖來這麼漂亮的芋頭，吃一個就可以飽了呢！」

「這一籃芋頭是我從漁人部落的芋田裡挖來的，沒什麼，給船組的一點心意。」撐舵夫太太謙卑地說。

　　「這樣的芋頭不能用不好的木柴來煮，一定要選品質最好的木柴來煮這種芋頭，芋頭才會好吃，你有聽說過這種道理嗎？」「懶惰的男人是不會去撿好木柴的，他們會隨便撿些爛的木柴來燒飯。我想，你應該也知道吧！」西卡多弗兒的太太說。

　　「這些男人的事，我先生告訴過我，所以我也很了解。對了！我是來幫妳的。我知道妳做事有點不太方便，更何況十幾個人要吃的食物，一定忙得要命。我在另一邊煮這些芋頭好了，我會自己生火，能做的事我都可以自己來。」撐舵夫太太說。

　　西卡多弗兒的太太名字叫西多努斯，從小就嫁給西卡多弗兒，他們結婚到老都一直都沒有生孩子。雅美人當中也有很多不生育的男女，有些跟基因有關。西多努斯的其中一隻手縮進手腕內，是肢體障礙，和正常人不一樣，這也是為什麼撐舵夫太太來幫她做事，減輕她負擔的原因。

　　「西卡多弗兒，來這裡生吃豬肉（mangnasa）吧！你應該先做避邪的動作，接著由我做。來！快來！」撐舵夫說。

　　西卡多弗兒問說：「都切好豬肉了嗎？！要不要再等其他的船員呢？」。

「我們先做避邪動作吧，不需要叫其他船員，因為有的人還在山上工作。西俄那恩已經通知他們晚上聚會要過來。來啦！你是我的長輩，先弄一點給魔鬼，好使我們安心過日子。」撐舵夫說。

「魔鬼們！一點禮肉拿去吧！希望你們保護我們這個船組下海捕飛魚，不要再讓我們受災難了。」西卡多弗兒說完祈福的話語以後，撐舵夫也弄了一點生豬肉給魔鬼。

之後，他們幾個船員就開始食用生豬肉。「西其牙上你不吃生豬肉嗎？」西俄那恩看他一直專注看著切好的生豬肉，所以問說。

「我不敢吃生豬肉，只敢吃豬內臟。以前吃生豬肉，我就嘔吐了，所以不敢再生吃豬肉了。」西其牙上回說。

「賢弟（wariciyongam）！那我們就不考慮你，要吃生豬肉了。」西俄那恩說。

「西俄那恩！誰叫你馬上吃？！你有沒有弄一點生肉丟給魔鬼吃？出海捕飛魚時，你得小心喔！」西卡多弗兒看了看西俄那恩吃豬肉的表情對他說。

「叔叔！我還要弄一點生豬肉給魔鬼嗎？你們不是已經給魔鬼了嗎！」西俄那恩懷疑地問。

「對啊！給魔鬼生豬肉對你是平安的事。這種文化規定是從祖先

傳下來的，又不是現在雅美人才發明的文化。你還年輕，要學的社會知識還很多呢！你以為雅美人就這樣隨便地過島嶼生活嗎？快給魔鬼一點生豬肉啦。」長輩西卡多弗兒當面教育船組中的年輕船員。

西俄那恩明白到自己的靈魂搞不好會保不住，就趕快切一大塊紅豬肉丟給魔鬼說：「魔鬼先生們，你們拿去吧！希望你們多照顧我，直到永遠喔！」

「你們就這樣生吃豬肉嗎？家裡還有早餐留下來的地瓜飯啊！先生，你怎麼不去拿些地瓜飯配著吃呢？」西卡多弗兒的太太問說。

「喔，對了！有早餐剩下的地瓜飯，我去拿出來配生豬肉吃，比較有幸福感。」西卡多弗兒說完這句話後，把還沒吃完的豬肝硬是含在嘴巴內，走去拿了一盆剩飯，再回到屋內才嚥下那塊生豬肝，送進胃囊。

生吃過豬肝的原住民，擁有像是得到一百分成績那種的幸福味。但生吃豬肝卻嘔吐的原住民，必須喝下三百 CC 的清水洗胃腸！生吃豬肝，不是人人都有的天分。在雅美人社會，則有吃生豬肉的天分。

「喂！你們兩個老女人，過來吃生豬肉，大家一起分享吧！」撐舵夫對一旁正在煮地瓜與芋頭飯的太太和姊姊說。

「你們盡情享用吧！屁股被海膽刺的人是你們，不是我們。還好睪丸沒被刺到，否則蘭嶼哪有人能治療這種不雅的肉體呢？！」西卡多弗兒的太太回應撐舵夫。

之後，西卡多弗兒忙著把分解好的生豬肉一塊一塊地送進其中一個鍋裡煮，另外一鍋則是煮豬的內臟。

「叔叔！另一鍋煮的是什麼呢？」西其牙上好奇為什麼不一起煮。

「孩子！人是不能喝豬內臟湯的，只有豬肉跟骨頭煮的湯，才是好喝，有益身體的湯。這種食慾規則，你爸爸沒有給你講過嗎？你已經長大加入我們的船組了，他應該會告訴你很多社會知識才對。」西卡多弗兒以他船主和長老身分來教育船組裡年輕的船員。

「這樣的知識，我爸爸還沒有跟我說，謝謝叔叔，我了解了！」西其牙上以感恩的心說。

在雅美族的船組社會中，年輕船員都要去學習長輩或長老所教導的話，以增加自己的知識。這種教育不需要花一文錢，就可以取得完備的海洋教育知識，增加船員的漁業能力。

「哥哥（西卡多弗兒）！我和太太先回家作家事，下午黃昏時刻我們再來這裡幫忙切豬肉及做準備食物的事。」撐舵夫說。

「感謝你這種男人的做事風格，還好你具有優等智慧，換是別人就不會先做避邪動作來保全全體船員的生命。我想也沒什麼事可做了，只有再加火煮豬肉而已。」西卡多弗兒以讚美之詞對撐舵夫說。

「真不好意思呢！我把芋頭拿下去時，西卡多弗兒的太太對我說，

你的芋頭這麼大！我只是想拿來做月圓節的團圓飯。」撐舵夫的太太對先生說。

「沒錯，重要的是我要報恩。那些食物（芋頭）是來幫助祭主的，船組內互相幫助是應該的事。」撐舵夫說。

「芋頭飯煮好了沒有？應該煮久一點才會比較好吃，要不然吃了不夠熟的芋頭，嘴巴會痲痲的。」西卡多弗兒對太太說。

「我有在注意，芋頭裂開的地方顏色已呈現黑色，就證明已經煮熟了。火埂我不要拿掉，這樣更會煮得更熟的。」西卡多弗兒的太太以她煮芋頭的經驗告訴先生。

「先生，現在可以煮魚乾了嗎？不一定要等船員到齊後才煮，那會來不及。事先準備好那是上策，這你也很了解吧！」西卡多弗兒的太太對先生說。

「魚乾可以煮了，我們煮的是男人魚（aknasay）而已，我們家只有貯存這種男人魚和白毛（ilek）女人魚，沒有其他魚類。」西卡多弗兒說。

在雅美族的文化裡，海洋的魚類不是人人可吃的。有些魚類，女人或懷有身孕的女人是不能吃的。因此有所謂男人魚和女人魚的說法。女人魚通常是肉質細嫩的好魚，男人也可吃。但男人魚則腥味較重，只有男人才可以吃。

船組祭主西卡多弗兒的海洋漁業特長是在岸邊套魚（manaoi），這種漁業知識需要很高的教育程度。除了要明白魚類習性外，更要了解自然現象的規律，也要懂得神學精神。西卡多弗兒老人家就接受過這種高等教育，因此他家常曬著品質好的男人魚和女人魚（白毛）。他稱得上是海洋之子，不是那種光是嘴巴說說而已的男人。除了專業套魚知識外，他還擅長船釣鬼頭刀與海底魚類等的漁夫行業。

◇◇

「爸爸！你們今晚要在祭主家聚會，現在已經黃昏了，你該去了吧。西俄那恩船員先前有通知你們船員要去。」西曼莉芬對爸爸說。

「爸爸知道，等一下我才會過去。」西曼莉芬的爸爸順口說。

◇◇

「先生！剛才西俄那恩船員有到我們家來說，今晚要到祭主家聚會，你們是怎麼了？」先加里卡的太太問先生，她不太明瞭先生在海上遭遇的事。

「前幾天我不是在家裡用烤熱的豬油，擦在我被海膽刺傷的腳嗎？還好我受的傷很輕，其他船員的傷都很嚴重。當時，我回到家時妳已經呼呼大睡。我自己治療自己，也食用你煮好的點心，妳當然不太明瞭我們遭遇的事。」先加里卡將受傷情形告訴太太。

「那時你為什麼不叫醒我？是你不對，我是你太太啊！又不是你

媽媽。夫妻之間哪有彼此不明瞭的事呢？當時如果你叫醒我，我會幫你治療傷勢。我知道海膽刺到人的身體是很痛苦的，因為刺針具有毒液。最好的治療方法是用人的小便潑在傷口上，這樣才會很快治癒，烤熱豬油則是另一種治療方法。」先加里卡的太太說。

「我不叫醒你是因為我們沒捕到飛魚，而且命運不佳的大船衝到海岸礁石上，所以才沒叫醒你。」先加里卡說出心裡的話。

「你們為什麼會衝到海岸礁石？是浪很大嗎？還是撐舵夫看不見方向？」先加里卡的太太問觸礁的原因。

「當時回航時，海面平靜，沒有風浪，應該是撐舵夫的問題，要不然大船怎麼會衝到海岸呢？撐舵夫說以後在團體聚會的時候會告訴大家觸礁的原因，他是這樣說的。」先加里卡回答太太的問題。

「嗨！先生！你有聽過這樣的傳說嗎？如果一個船組的十人大船衝到礁石或是意外受難，都要準備再造有刻花紋的新大船呢！」先加里卡的太太依據雅美人的傳說格言對先生說。

「祖先傳說的話，我是有聽說過，所以我很明白這件事。但這要看船組長輩的指示，而不是由普通船員來發起這件事。」先加里卡告訴太太，讓她明白。

「先生！你說的話，我是明白的，我會注意這事情的發展。」先加里卡的太太回應說。

「之前，我都會整理家族的山野水道。我也曾經告訴過妳，這工作比較辛苦，樹和草全都要砍掉。因為太久沒使用這水道，要重新開拓是很辛苦的，又得要花很長的時間才能完成。」先加里卡告訴太太，讓她明白先生日常勞務的辛苦，而非僅是閒在家裡多話的男人。

「我明白了，先生！快去祭主家，他們等你很久了。我知道少一個船員是不可以開動吃飯的，務必要等全部船員都到齊後才可以用餐。這種雅美人的團體知識，我是很明白的。」先加里卡的太太讓先生明白自己是有知識的女人。

先加里卡隨後就出門去祭主家，他知道船組船員在月圓時都會到祭主家聚會，由祭主慰勞船員們的辛勞。不過，他不知道這次的船員聚會會有豬肉吃。

◇◇◇◇◇◇◇◇◇◇◇◇◇◇◇◇◇◇◇◇◇◇◇◇◇◇◇◇◇◇◇◇◇◇◇◇◇◇◇

「西俄那恩！給你這把小刀來切煮好的豬肉。不要切太大塊，切小一點，人多怕不夠吃。」撐舵夫對西俄那恩說。

「叔叔！小塊的豬肉怎麼能讓嘴巴有沾滿油的飽足感呢？尤其是那個頑皮青年船員看到這麼小塊肉，就會想要丟給在外面流口水的魔鬼吃呢！青年人都是吃大塊豬肉的。」西俄那恩不去想人數多，夠不夠吃，而是從年輕人的食慾口味角度提問。

「對呀！西俄那恩說得對。我們觸礁時，用盡力量把大船推向海

中。不管腳有多痛,我們還是用力踩在礁石上,才有足夠的力量把大船推到外海。有豬肉吃,我們就大吃啊!不是嗎?!」西多馬如哥青年船員火上加油地說。

「青年人!你們不知道豬油對人腸胃功能的影響,人吃了大塊豬肉之後會拉肚子,十分鐘內要到豬圈大便二十次的。擦屁股都用石頭,不擦傷你的肛門才怪!到時,你可以用多少塊石頭把不潔的肛門擦乾淨呢?」先阿拉芬老船員對那青年船員說。

「對呀!你們家難道不是用石頭來擦肛門嗎?拉肚子大便不用三十塊石頭擦屁股才怪!我也是大便後,用石頭擦肛門的。」頑皮青年船員回嘴說。

 傳統雅美族的社會裡,人都居住在傳統地下屋內,但屋子內不可以上廁所。族人們上大號,必須遠離地下屋,在戶外就地找石頭擦屁股。外來文明進入蘭嶼之後,引進了衛生紙與沖水馬桶,族人才開始使用衛生紙來擦屁股。

「你們快點切豬肉,時間已經差不多了,船員們大概都到齊了吧?你們還在那說什麼石頭擦屁股的事,誰不用石頭擦肛門呢?要吃宴食了還說那些話!」撐舵夫知道距離晚宴時間差不多了,叫他們不要再談論這個話題。

「各位船員們!大家都到齊了嗎?還有誰還沒來呢?」祭主西卡多弗兒對船員們說。

「還有一位沒到,就是先加里卡,是不是沒有通知到他?」西多

馬如哥清點完船員人數後說。

「我有到他家通知他，告訴他今晚要在祭主家聚會。」西俄那恩回應說。

「喂！小鬼！你為什麼要來，你不是說今晚要和女朋友約會嗎？你看到豬肉就流口水了嗎？」西俄那恩看到頑皮青年船員時對他說。

「喂！傻瓜！你知道的社會知識怎麼那麼少啊？！我說去約會就去約會嗎？船組的事當然是重要的。看你這個可憐的男青年，難怪你的女朋友很快就逃跑了。」頑皮青年船員對西俄那恩說出心裡話。

「叔叔！他來了，人員都到齊了。」西多馬如哥看到先加里卡進入屋內，對祭主西卡多弗兒說。

「豬肉都切好了嗎？如果好了就可以開始進行分配。船員都到齊了，我們只等食物端來，大家就可以進屋內用餐了。」祭主西卡多弗兒說。

「我們已經剝完皮了，這一大盆食物（takoakazapaz）你們快端過去，讓你們等很久了。」西卡多弗兒的太太說。

頑皮青年船員聽了之後，迅速地走過去拿這一大盆食物。因為怕盆內的地瓜和芋頭會掉出來，他一個人怎麼搬，都沒辦法搬動，似乎一定要兩個人一起搬，才能搬到餐桌上。

「你一個人可以搬得動這一大盆食物嗎？怎麼不叫人來幫忙？」西多馬如哥看頑皮青年船員沒法搬動食物時對他說。

　　「老人啊你！快過來，我們來搬去那裡。」頑皮青年船員對只會坐著說話的西多馬如哥說。西多馬如哥聽到後，就幫助頑皮青年船員一起搬這盆食物，放在室內吃飯的地方。

　　「大家過來這裡坐下，宴食都準備好了。我們兩老人家已經沒有太多力量做事了，準備的食物不夠吃，因收穫都不是很好，對大家的誠意是不夠的。」西卡多弗兒以謙卑的心對船員們說。西卡多弗兒的謙虛符合雅美族的規範，祭主對大家說話，要謙卑地道出人與人之間的情感。

　　屋內的船員們聽到家主人的話之後，就走進屋內餐室，按照自己的年齡和輩分坐在屋內。

　雅美族的用餐規則是按照年紀坐在不同的位置，不可以自由選擇座位。在雅美族船組社會中，族人吃飯的地方會在兩個地方，一個是在工作房內，另一個是在地下屋內。不論是哪一種活動，都只在這兩個地方吃飯。不像現在文明社會的飲食方式，雅美人有嚴格的制度來規範食慾習性。

　　「各位船員們，我很正經地告訴大家，十人大船的意外遭遇是有根據的。我們應該都很明白這一點。當然古人傳下來的話，我們務必要遵守。要去做避邪的動作來保護我們的生命，這不是說說笑笑就了事的。放在大家面前的副食（豬肉）是撐舵夫提供給大家團聚在一起的食物，更重要的是要當作避邪的動物（家畜），保佑我們能平安作

業。我在此很感謝他們夫妻倆。除了一條小豬之外，還帶來兩籃子的大芋頭，供大家享用。最後，感謝大家很努力地在海上作業。我們夫妻倆都是上了年紀的老人家，提供的食物不足以來慰勞大家。」西卡多弗兒對船員們說。對船組知識不足的青年船員而言，他說出來的話是一個學習的機會。

接著，西卡多弗兒切了一塊白色的豬肉（五花肉），丟給在外面流口水的魔鬼，口中說著：「魔鬼們！你們拿去吧！希望你們在我們每次出海捕飛魚的時候，保護我們，使我們平安無事。」

這一個小小的避邪動作完成之後，船員們就開始用餐。船組船員用餐時，當然是由最老的船員先伸手拿地瓜或芋頭來吃。之後，就按年紀順序取地瓜、芋頭等食物，其他老船員也接著作祭鬼的動作。

 在雅美族神學觀的知識體系中，以祭鬼食物（mivevesan）來祭鬼也是有禁忌的。人雖然很老了，但若還有父母親在世，就不可以做祭鬼的動作。只有父母不在世的人，不論是老人或青年才可以做祭鬼的動作。

「看我的！」西俄那恩邊說邊吞下三、四塊大塊豬肉。

「我才不像你那麼餓鬼似的，我是完美男人，你沒聽說過嗎？多吃白色豬肉，走路會滑倒的。你是怎麼長大的？！好了，你大吃白色豬肉吧！到時候，你每一分鐘都要到豬圈去大便吧！你一天要用一百塊石頭擦肛門，不流血才怪呢！誰要治療你的肛門啊！還不節制食慾！喂，西俄那恩！不要再吃白豬肉了，不聽老人言，吃虧在眼前。」頑皮青年船員對西俄那恩說。

「我才不要聽你天花亂墜的話，自以為是很有文學素養的男人。笨蛋！我們是在拜拜（mamarenfsokanen）呢！哪有不吃的道理？！今晚大家可以盡本能地來吃宴食，知道嗎，頑皮鬼！」西俄那恩反咬頑皮青年船員一口。

「西俄那恩說得對，豬肉是要大吃的啦！我們在過月圓慰勞節啊，而且那天觸礁時大家的腳都被海膽刺傷了，當然要大吃一頓！」西多馬如哥認同西俄那恩的說法。

頑皮青年船員聽了這些不舒服的話之後，就出去室外和其他坐在石頭上的老人家閒聊。

「小鬼！你這麼快就吃飽了，年輕人要多吃一點，船組月圓時的慰勞食物是要盡情享用的。」先阿拉芬關心頑皮青年船員而說。

「屋內的人都要我大吃白色豬肉，我害怕肚子痛會腹瀉。誰願意常常到海邊大便，石頭會擦破我的肛門呢！蘭嶼又沒有人能治療紅腫的肛門，到時候用八字型走路像個怪男人呢！叔叔。」頑皮青年船員沒有禮貌地回應長輩老人家。

 雅美船組船員聚會用餐時，雖然有豐盛的食物，但老人船員僅吃得下一、兩塊芋頭或地瓜。副食方面，尤其是肉類，他們最多吃掉三、四塊肉。吃完後，老人船員就去外面乘涼、聊天。盡情在屋內用餐的，只剩下青年船員們了。

之後，在屋內吃飯的青年船員全都走出來跟長輩船員坐在一起。

有些船員走到涼台休息，涼風吹來，肚子裡的白色豬肉尚未消化。

「請大家圍坐到這裡來，在涼台休息的青年人，也趕快下來跟我們一起坐下。我們的撐舵夫有話要跟大家說。」絮主西卜多弗兒對吃飽肚子的船員們說。

頑皮青年船員及青年人聽到後，就過去與老人家坐在一起，這些青年人都坐在老人家的背後。

「大船在海上作業時發生了意外災難，這都是有問題，有原因的。大家應該都很明白這是古人傳下來的格言，當然我們務必要做避邪動作，而不是說說笑笑就結束了。」這是撐舵夫對在場的十幾個船員說的第一句話，主要是要讓頑皮青年船員及青年人明白這件事。

此時場面嚴肅，沒有一個船員敢率先說話回應。

青年人坐在老人家後面是雅美人的社會規範，不是高興坐哪就坐哪，否則會被看作是白癡船員。每一位漁夫都要遵守船組制度，使組內事務順利進行。尤其是知識不夠的年輕船員，都要坐在老船員旁邊，這樣才容易記得聽到的話。長輩說話時，只有同輩的長老船員才可以做出回應動作，其他船員需閉口聆聽長輩們訓話。

「弟弟（撐舵夫）說得對，十人大船在海上作業遇到災難，不論是海中翻船或沿岸觸礁都是有原因的。這因素有很多種，大部分是因為個人問題而產生。所以每一個漁夫務必要清白行事，小心口語言論，才能使一個船組平安無事。一旦發生了災難，務必要很快地作避邪動作，就像現在組內撐舵夫弟弟所作的事，殺一條小豬，讓我們出海捕

魚時得以平安回來。」船組中最老的船員西卡多弗兒，以充實的口語敘說祖先的格言給青年船員們聽。

之後，沒有一個船員說話。大家的注意力都集中在撐舵夫身上，因為那次遇難是由他撐舵的。何況那時的天氣非常好，海面風平浪靜，怎麼可能將大船衝到海岸礁石上呢？

「各位船員們！這次的遭遇是我招來的，因為海面平靜的關係，我無法辨認返航的航線而導致觸礁。因此，我會負責作避邪動作，不會隨便了事。這次是以小豬來迎福，等飛魚季結束之後，在收穫節（piyavean）那天，大家會聚集在祭主家用餐，到時我會奉獻一條大豬，作為我們這船組避邪的大動作儀式，希望大家保住生命安全。要吃的食物（地瓜和芋頭）也由我家來負責，沒什麼好食物招待大家，老人家的工作能力已經退化了，不像年輕時那麼強壯。」撐舵夫道出作為一位雅美漁夫的風格精神，讓其他組內船員明白海洋漁夫是一個怎麼樣的男人。

「不幸的事情來到我們這個船組，沒人會事先知道，於是我們這些不帥的男人便是活該的船員了。」先阿拉芬老船員說。

「叔叔！真的，我們是活該的船員嗎？我不曉得我們為什麼活該？」頑皮青年船員以傻笑的口吻回應他。

「對呀！那天天氣那麼好，海面又那麼平靜，怎麼可能讓我們的大船觸到礁石呢？這不就是活該嗎？！」先阿拉芬老船員說。

「唉喲！我們這次的遭遇，一定是有原因的。早期族人的神學觀，就很明白地把海洋生活文化傳下來給後代的人了解。」先順不老船員說。

　　「叔叔！是什麼原因？你又沒有講清楚讓我們了解，很抽象呢，叔叔！你不讓我們這些船員知道嗎？我們是船組的一份子呢！」愛找根源的頑皮青年船員問說。

　　「什麼！小鬼，你已經快成為老人了，一個得不到老婆的男人，你是怎麼長大的？部落的聚會你都沒有參加嗎？這一點社會知識都沒有在你的腦袋瓜內嗎？那你就太爛了，爸爸是怎麼教養你的？告訴你原因是什麼，因為撐舵夫沒有緊握住船舵柄，船頭很容易朝向別的方向，所以造成船衝到岸邊礁石，使大船翻掉。第二個原因是海岸的魔鬼，看到船內的船員嘻嘻哈哈地大笑，鬼就上船替換撐舵船員，把十人大船開往岸邊的礁石上，就像你這樣一天到晚嘻笑、大聲說話，魔鬼就會來找麻煩。第三個原因是家族或船組的鬼，好久沒有看到住在人間的家族舉行熱鬧的大船下水慶典，所以故意以輕微的災難來捉弄，就像我們這樣的遭遇，要船組重新造一艘新的雕刻花紋大船，才有豬、羊肉可以吃，這就是一些比較重要的因素，知道嗎？」先順不老船員教育頑皮青年船員說。

　　就雅美族的海洋文化而言，在海上作業的工具就是木船。船在海上作業，如果受到災難，船組必須作出避邪儀式，才能挽回船組的幸福。不論是蘭嶼島上的哪一個部落都是一樣的，這也是雅美人世世代代孕育的海洋知識觀，結合這個小島的族群文化，才能適應島嶼的環境定律。

「喂！我告訴大家，現在時間還沒到。在捕飛魚的豐收節（piyavean）時，大家還可以在祭主家團聚在一起。我會奉獻大豬來進行最大的避邪儀式。除此之外，也可以回饋大家的恩情。不多說了，我們該進屋內唱歌了。」撐舵夫說出真情話，使該組船員們感到百倍的平安。

　「叔叔！我們這些最愛吃五花肉的青年人，也要進屋內唱歌嗎？我們是不會唱歌的。」頑皮青年船員對所有要進到屋內的老船員說。

　「今天是祭主為了慰勞船員而舉辦的活動，除了吃東西以外，還要唱族人的傳統歌謠，尤其是一定要唱我們這個家族船組的歌謠。不管你會不會唱 anohod 調子的歌曲，一定要跟老船員坐在一起唱歌。」西多馬如哥告訴頑皮青年船員有關今晚船員聚會的意義。他知道後，就努力學習唱傳統歌謠。

　之後，全體船員包括青年人都進入屋內接受族人歌謠的洗禮。不過，青年人在雅美人的聚會場所都是坐在室外，室內則是老年人坐的地方。

　「西其牙上！真的我不會老人唱的 anohod 曲，我只會唱 ayani 曲，是青少年男女的情歌。我要怎麼唱啊？要我一直坐在這裡坐到天亮嗎？我沒有辦法熬夜呢！那些老人家不會讓我睡在這裡的。」頑皮青年船員說。

　「我也和你一樣，不會唱 anohod 和 taod 曲的族人歌謠。可

能只有我們四個青年船員不會唱老人歌謠。這次的船員聚會，就開始學習族人的傳統歌謠吧！我們又不是要花錢去學習歌謠，老人家怎麼唱，我們就怎麼唱，難得的機會啊！我們還是進屋內坐在前室（sesdepan）就可以了。我覺得一定要學會族人的歌謠，因為我們都已經加入家族船組團體，而且也都已經長大了，不可以不懂船組文化。」西其牙上回應頑皮青年船員。

 雅美族並不採取自由式社會制度，老人和青年人不可以混坐在同一個場地。因為場地是有學識意涵的，身為雅美人應該要懂得其文化精神。雅美族船組船員的音樂會活動，女人是不能參與的。這種規定是雅美族海洋生活文化的細節，雅美人擁有強烈的漁業敬業精神。

這個船組的船員全都進到屋內，起頭唱歌的是祭主西卡多弗兒，他唱出自編的歌謠來安慰船員們的心情。這種船組歌謠吟唱音樂會，在雅美族六個部落都依據同樣的程序來進行。祭主一定是要先唱第一首歌，歌詞不論是傳統或自編的都可以。西卡多弗兒唱完歌之後，就由其他船員接連繼續唱歌。

　　「嘿，頑皮鬼！你就這樣睡著了，起來跟他們一起唱吧！」西其牙上對熟睡的頑皮青年船員說，並用力推醒睡夢中的頑皮青年船員。

　　「你是誰呀！竟敢在我的美夢中喊醒我。我的夢中情人已經被你嚇跑了，我要你把她叫回我的夢境，跟我在夢裡過幸福的平安之夜。去啊！快把她引回我的腦裡。去啊！西其牙上，你怎麼打斷了我的美夢？！」頑皮青年船員醒來後的這番陰陽怪氣吼叫聲把西其牙上給嚇呆了，讓他一時不知道要講什麼話。

　　「誰在叫啊？！是不是正在做惡夢？」西卡多弗兒老人家說。

　　「叔叔！他不是在做惡夢，而是在做情人夢！因為被西其牙上叫醒了，才用怪聲音說話。」西俄那恩對西卡多弗兒老船員說。

　　「我們在這裡賣力地唱歌，而你們青年人在前室作情人夢，這是怎麼回事啊！你們青年人沒有跟我們一起唱歌嗎？」西卡多弗兒老船員在屋內說。

　　「我們四個青年船員不會唱 anohod 和 raod 古謠歌，頑皮青年

船員是其中一個。所以你們唱歌時，他就睡著了而且做了情人夢。」西俄那恩用一點浪漫的口吻說。

「雖然你們不會唱族人古謠歌，但這是你們學習唱歌的好地方。唱久了，你們就會唱了。跟我們老人家學著唱，很快就學會了，青年人哪有不會的。你們這些青年人不要再睡了，可能會夢到假的情人，那些可都是魔鬼的小姐呢！」先阿拉芬老船員以教導青年人的方式說。

「好了，大家休息了，吃個午夜餐吧！菜（豬肉）都冷了。來！繼續享用宴食！」祭主西卡多弗兒知道已過了午夜時間，叫大家吃午夜餐。

「對了！不要再講夢中情人了，今晚是祭主慰勞船員的好夜晚。頑皮青年船員，快把剩下沒吃完的豬肉端到這裡來食用。」撐舵夫說。

頑皮青年船員隨即端來沒吃完的豬肉，他不再去想剛才作的夢，他自己也覺得不好意思。其他船員在唱古謠歌，而自己卻在大睡，結果都沒學到船組的團體知識。

「豬肉都冷了，吃了會拉肚子的，太太可以幫我們熱一下，這樣我們才可以吃。否則，吃了冷掉的豬肉，每個船員都會去豬圈拉肚子，這不就養肥吃大便的豬嗎？！」西卡多弗兒關心船員們的健康，對太太說。

「叔叔！我們青年人是不會拉肚子的，吃了冷的豬肉，不會到肚子裡去，而是會靜睡在路邊（腸內）的。叔叔！你放心，豬肉不用再煮了。」頑皮青年船員不改調皮的個性，對西卡多弗兒說。

「才不是呢！小鬼，我們上了年紀的老人，吃了冷掉的豬肉，到了老人的腸胃是找不到可以停留的旅館的，而是跟著江水向東流出去！到時候，每隔十秒鐘就要去上廁所，哪有那麼多石頭擦屁股呢？老人的肛門不被石頭擦破才怪。小鬼！你家有人可以醫治老人的肛門嗎？」先阿拉芬老船員說。

祭主的太太聽到後，就生起了火，然後把鍋內的豬肉湯放上灶子上加熱。這時候，船員們在地板上坐著休息，順便聊聊海上作業的小故事。這是傳統的飛魚季文化，代代相傳，其他各部落的船組也都一樣。

「阿姨！豬肉不要再加熱了，浪費木柴，又辛苦妳了。而且妳又不參加吃豬肉，不要加熱了。古時候的老人家還不是生吃豬肉，妳不要辛苦了。」頑皮青年船員在前室對祭主太太說。

「小鬼！沒有加熱的豬肉，吃了會拉一百天肚子呢！你不想再去抓飛魚了嗎？蘭嶼雅美人社會又沒有醫療人員可以治療常常腹瀉的老人。肛門會紅腫呢！雅美人去大便，不分男女老幼，都是用石頭來擦屁股的。那還好，嚴重一點的腹瀉，連出門都來不及，就像噴水般在屋內解放，一直到外面都拉不停呢！頑皮鬼！如果是你，受得了嗎？到時整個屋內都是大便的味道，哪有新鮮空氣進到屋內，你吸收的都

是大便味呢！頑皮鬼！你家有香水可以撒在屋內來更換氣味嗎？」先阿拉芬老船員對頑皮青年船員說。

「請不要考慮我的身體，既然船組在我們家舉行祭拜飛魚儀式，我會按照古時候傳統的飛魚季文化規則。我會遵行女人該做的事，不管在山上工作有多累，我還是會盡到責任的。」祭主太太對船員們說。

「小鬼，你看！這是船組的傳統文化，聽到了沒有？你的心思是什麼？人家是在盡責任！那你是盡什麼？什麼叫關心？還不去拿木柴來燒。你的愛心只是嘴巴講，而不去做，對嗎？」西多馬如哥把人情冷暖說給頑皮青年船員聽，好讓他明白十人大船團體組織內相互關心的重要性。

「沒有啦！只是關心她的辛苦嘛！」頑皮青年船員被潑了冷水後作出回應。

「不要再說了！西俄那恩快去拿沒吃完的豬肉給阿姨加熱，好讓大家食用。」撐舵夫吩咐西俄那恩。西俄那恩隨後就馬上拿冷豬肉給祭主太太加熱。

◇◇◇◇◇◇◇◇◇◇◇◇◇◇◇◇◇◇◇◇◇◇◇◇◇◇◇◇◇◇◇◇◇◇◇◇◇

「阿姨！爸爸去哪裡了，怎麼還沒有回家呢？以往都不會這麼晚回家的。」西曼莉芬懷疑爸爸去捕飛魚，而問睡在旁邊的阿姨。

「今晚是月圓的日子，我們船組祭主要慰勞船員們，在祭主家吃

飯和唱歌。要到天亮之後，爸爸才會回來。」西南都拉上回答說，好讓西曼莉芬安心。

「阿姨！這樣的船組節慶，我們女人都不可以參加嗎？為什麼？」西曼莉芬想知道女人為什麼不能加入船員慰勞節。

「好！我告訴你，另一方面也要教育妳，讓妳知道更多的雅美族船組文化知識。為了讓男人漁夫在海上捕飛魚時可以更專心努力作業，捕飛魚的十人船員有四個月時間都以專業精神辛勤地作業。祭主會負責慰勞船員的辛勞，不加入船組的其他家戶可以提供食物和菜類，如芋頭、地瓜、山藥、魚乾和乾豬肉等。這種作法是祖先設計給雅美族人的文化。」西曼莉芬的阿姨陳述傳統飛魚文化知識給她。

「阿姨！女人不參與這種男人活動，不是不公平嗎？」西曼莉芬說出她的看法給阿姨聽。

「告訴妳，莉芬！這不是不公平。簡單地說如果要公平，女人為什麼不自己造船（十人大船），讓女人在海上捕飛魚呢？這些都是女人辦不到的事。早期的祖先明白男女在體質和精力等的差異，才設計這樣的島嶼海洋族群生活文化，代代相傳至今。」西曼莉芬的阿姨講給她聽，讓她了解雅美族男女之間的分際。雅美族人的家庭講究輩份，做長輩的要教育孩子或其他沒知識的人，讓他們得到更多的知識，就像西曼莉芬的阿姨一樣。

「阿姨！你這樣說，我就明白了。原來男女有不同的地方，謝謝

阿姨！」西曼莉芬理解後對她阿姨說。

◇◇◇

「首先要由衷地向大家說聲抱歉，因為我們這次十人大船的遭遇，是我一人招來的後果，而讓大家百倍的痛苦。在我們當中，還有人像跛子走路一樣，也有幾位包含我在內的老人家，都必須拿著拐杖上山工作。大家都變成這麼可憐的男人，什麼時候才能恢復原來的樣子？不可能永遠當跛子吧！尤其三位青年船員受傷嚴重，比跛子走路還要糟。尤其是頑皮青年，要到什麼時候才能恢復健康，好好地走路呢？他現在一跛一跛的樣子，更沒有美女會喜歡他了。」撐舵夫對大家表示歉意。

撐舵夫接著說：「不過，我誠心地告訴大家，在收穫節那一天，我會奉獻一隻二百多公斤的大豬，進行最後的避邪儀式。食物方面，我會提供大芋頭，不長毛的，和其他芋頭的風味不同，讓大家分享泉水芋田內的芋頭。當然，到時候，我請青年船員們來我家幫忙。避邪用的大豬，當然還是要到祭主家殺，邀請十人船組全部船員來這裡共襄盛舉。我的誠心話，到此結束，沒有多餘的。」

「我很高興聽到弟弟（撐舵夫）說的話，這是我一直想要聽的。今年我們這船組為什麼會在祭拜飛魚期間遭到觸礁的厄運呢？到底我和太太做了什麼壞事，而被懲罰呢？不管怎麼說，大家要安心捕飛魚。在自己的工作上，不論上山或下海捕魚都會比較安心。有了弟弟的這一番話，各位船員放心了吧！。」祭主安慰船員們。

「叔叔！（撐舵夫）我聽到你的話之後，心裡就很高興。你在收穫節又要殺豬來避邪。叔叔，你有好大的愛心呢！一般的老人船員不會做這樣的事。叔叔！收穫節那天，我的未婚妻會參加我們船組的慶典。她比阿姨漂亮一倍，你看了會昏倒在路邊，一百天都爬不起來的。真的啦！叔叔，他是伊拉代（漁人）部落的女孩。到時候，我會介紹給你的。」頑皮青年船員傲氣地對叔叔說。

「嘿！小鬼！現在是祭主在慰勞船員，個人私事和團體生活，你都分不清楚了嗎？頑皮鬼！你這小孩子，叔叔（撐舵夫）已經是老人了，你是不是瞎了眼看不清楚？你以為叔叔沒看過美女嗎？！你才是看到美女會昏倒一百天都爬不起來。」西俄那恩說。

「唉呀！我參與過部落長輩家的聚會閒聊，在他們口中學得很多社會知識，尤其是關於十人船組的。有的船組在海上作業時，船內十個人還會說自己初戀的故事及看到美女的心情，讓十個船員在船內哈哈大笑。十人船員內，有些是父子或兄弟等關係。聽到跟漁業不相關的浪漫話語，他們都會看著野外景觀或低頭偷笑。有時候，某個船員說到男女浪漫的愛情故事，講到極點時，所有船員都還會哈哈大笑呢！這些船組故事，都是從部落長輩的聚會那裡得知的。」頑皮青年船員陳述他所知道的十人船組故事，讓屋內的其他船員發現原來頑皮青年船員也是有高深學問的。

 在雅美族的船組團體文化中，一個船組需要有一兩個人是局外人。由於同屬一個家族的成員彼此太過於熟悉，船團中若都是自己人，對話往往很乏味，欠缺新鮮感。有局外人加入的船組團體，由於注入了新血，讓大家容易有碰撞的火花，有新的笑話或談論話題，這樣才有真正的快樂。

「這位船組內的帥哥（頑皮青年船員），說得是真的，這都是社會教育。一個男人到了青年時代，要參加不同社會團體的活動，才能得到更多知識。這些知識不是用錢買來的，這樣的男人才能增廣自己的知識領域。怪不得，頑皮青年船員還有個外號名稱。」西多馬如哥欣賞頑皮青年船員的知識過人。

　　「好了！不要再說了。明年的飛魚季到你們家舉行好了，這樣你們才會多聊些話。在我家不可以談這些浪漫的話，沒有必要去講這些有的沒的。」祭主西卡多弗兒說。

　　「好了！姊姊（kaka），豬肉不要加得太熱，免得吃了會唱不出星光的歌謠。喉嚨油油的，歌詞會滑倒，歌聲會很難聽。青年們，把祭主夫人加熱的豬肉倒出來，放在前室內，讓大家來個第二次用餐。」先阿拉芬老船員說。

　　西多馬如哥動身把加熱的豬肉倒在盆內，分成兩個盤子放在室內。然後，船員們開始吃午夜飯。

 在你或妳的人生中，有聽過世界各地人類，哪一個族群會在凌晨時分還在吃午夜飯的文化嗎？只有蘭嶼雅美族才有，天雖然很黑，也沒有任何光線，不過亮不亮沒關係，午夜飯還是要吃，這就是雅美人特有的飲食文化。

　　「各位船員們，把這些加熱的豬肉通通吃完吧，不要再留了，到天亮後是沒人要吃的。對大家很抱歉，只準備了一點不起眼的食物來慰勞大家的辛苦。因我們兩個老人家能力有限，沒有體力再努力工作了。也非常感謝撐舵夫他們夫妻倆的奉獻，才有這樣的食物供大家分

享。感謝大家團結在一起，過著傳統的飛魚季生活。」西卡多弗兒用謙卑的語氣，對船組的船員們說。

「叔叔！不要這麼說，食物已經很豐富了。是我們很慚愧，不好意思，因為船員們都沒有釣到大魚來分享給大家。真的，有很多青年人不懂船組團體的文化知識。」頑皮青年船員說。

之後，船員們繼續吃午夜飯，芋頭和山藥等食物都還裝滿在盆子內。不過，十多個船員分下來，每個人吃不到多少塊芋頭。這種慰勞船組的月圓團聚，食物是不可以分配帶回家的。沒吃完的食物，祭主就會拿去餵豬。

用完餐之後，老人船員們繼續吟唱歌謠，青年人只在旁邊跟著唱。歌謠一直唱到天亮才停止，船員們隨後各自回家。這是飛魚季傳統文化規則的一部分，每個船組都必須要遵守。

再
出
航

在 paneneb 這個月份（約國曆二月時）的每一天晚上，船員們都在祭主家睡覺，直到天亮才可以回家。有一天，撐舵夫對船員們說：「大家有力氣出海捕魚了嗎？」

「可以出海了，傷勢都已經差不多治療好了！」先阿拉芬回應。

「你們青年人的傷勢，恢復得差不多了嗎？手握木槳有沒有問題？」撐舵夫繼續問青年船員們。

「可以下海捕魚了！從觸礁到現在快半個月了，大部分的傷勢都治療好了。」西多馬如哥青年回應說。

「西俄那恩！今天你要跟頑皮青年船員到海邊大船那裡，檢查一下船身有沒有漏水的地方。有的話用木棉花（varok）塞好，讓海水進不了船內。那木棉花放在船首的魚艙內，打開三角形蓋板就可以看到了。你們去的時候，不要自以為是帥哥遊客，是去海邊玩的。不能空手到海邊，不要忘記一人要拿一把小刀，作為工具，好讓工作順利，知道嗎？」撐舵夫吩咐兩位青年說。

「另外！西多馬如哥和西其牙上你們兩位也去海邊大船那裡，將一個個的木槳架起來栓好，繩子綁緊，不可以讓划船槳搖動。有人工作做完了，就去幫忙還沒做完的同事，不要忘記要互相合作。」撐舵夫繼續對青年船員們說。

「頑皮鬼，你的手可以握划船槳了嗎？可以划船了嗎？」西俄那

恩在海邊大船檢查漏水的船板時，問頑皮同事。

「我想是可以划船了，手心有點麻麻的，不過不痛。慢慢地跟你們一起划是可以的，船組出海捕飛魚是很重要。在團隊精神上，吃飛魚並不重要，重要的是團體的合群作業。」頑皮青年船員說。

這四位青年船員在海邊大船上很賣力地工作，負責塞木棉花的青年都很注意看船板的縫面，有洞就塞進木棉花。十人大船的兩邊船板，全都鋪上了木棉花。另外兩位船員也把大船的木槳全都栓好。他們工作做完後就回到祭主家，告訴祭主工作已經做好，還詢問長輩們是否還有什麼吩咐。

「我吩咐給你們的海邊十人大船工作都做完了嗎？不可以馬虎做事的！」撐舵夫看到四位青年已坐在祭主家的前室休息，便問他們。

「我們的工作都做好了，叔叔！塞木棉花很辛苦呢！尤其是船底板的縫面，人要躺在沙地上才可以工作，弄得手都麻木了！還好我們四個人一起工作。我們先把木棉花塞完，然後拴緊木槳。西其牙上船員，他不太會拴緊木槳，他綁繩子的方法，我覺得使用後會鬆開，可能要重新栓好才能使用，否則只好在划船時偷懶了。」頑皮青年船員對撐舵夫老船員說。

「那沒關係，我們到了海邊可以重新再綁好繩子。你們不要忘掉，到了下午要去製作乾蘆葦火把，晚上捕飛魚時備用。做起事來，要處處小心的，尤其是摸著小刀割乾蘆葦，不要刮傷了，受傷的手是不太

能划船的！」撐舵夫一再教育組內的青年船員。

到了下午，這四位青年船員就自動從家裡帶一把乾蘆葦，到船埠那裡將它割開，老船員們也陸續來到船埠進行割乾蘆葦的工作。「叔叔！你割開的乾蘆葦就放那裡，我們會把它綁成火把，先回家休息吧！」西其牙上對先順不老船員說。老船員聽到這一番話，在工作做完後就回家去了。

「頑皮同事，你去砍蘆葦葉，用來綁火把好嗎？」西多馬如哥說。

頑皮青年船員聽到自己被指定了工作，隨即去砍蘆葦葉，不到幾分鐘，就抱著一大把回來。「你這麼快就砍回來了，是不是其他船組的船員砍完放在那裡的，而你順便把它捆起來？如果真的是這樣，你不可以偷別人砍的蘆葦葉，這對我們是不吉利的。」西多馬如哥看到頑皮青年船員很快就抱著一大捆蘆葦葉回來，對他說。

「欸！我已經長大了，對飛魚季不利的事，我都明白。怎麼可能去偷別人的東西呢？在飛魚季做壞事，人的罪是很嚴重的，和平常季節不同。我有一個住在其他部落的叔叔教導我許多社會知識呢！我再怎麼樣壞，也不可能害大家的。」頑皮青年船員說真心話，讓西多馬如哥明白。

「我是跟你開個玩笑話的啦！大家都是船組的人，要互相勉勵。我不懂的地方，你們也可以教導我。雖然我爸爸是長老，但是要學習的族人文化還很多呢！」西多馬如哥以謙卑的心回應頑皮青年船員。

◇◇◇

「爸爸！我看到多馬如哥哥哥和頑皮青年船員在船埠內割乾蘆葦，你不去用割乾蘆葦嗎？」西曼莉芬見了她爸爸說。

「我等一下就會去船埠割乾蘆葦，現在先準備一下晚上用的工具和衣服，海上作業是很冷的。」先曼莉芬對女兒說。

做完工作後，他就去工作房拿了一小把乾蘆葦和一把小刀，然後到船埠那裡。在部落內的飛魚小道是有規定的，男人抱著一把乾蘆葦下去船埠都要走這條小路，不可以踩到別人的家，否則會招來咒罵的。

◇◇◇

「叔叔！你的乾蘆葦放在那裡，我們會幫你做好一個火把。叔叔，你先回家休息吧！今晚你要擔任捕飛魚的工作，會很辛苦，多在家裡休息吧！」西多馬如哥在船埠見了先曼莉芬，對他說。

先曼莉芬知道自己被關心之後，就離開現場回家去了。

這時候，部落內的其他船員也都在自己的船埠內做割乾蘆葦的工作。

「頑皮鬼！你先起火吧！火把的頭部要燻乾，這樣才比較容易生起火來。」西多馬如哥說。

頑皮青年船員聽到後，就拿火種來生火，將一個個火把的頭部烘乾。這樣就很容易生起火來照亮海面，誘使飛魚游近大船。

「我已經把火把全部烤乾了，還有什麼工作要做嗎？」頑皮青年船員說。

「沒什麼事了！每個人帶三捆火把回到祭主家，以便晚上使用。」西多馬如哥吩咐說。

「小心上路！不要踏進別人家的界線，以免招來咒罵，讓我們今晚得不到會飛到空中的魚。到時，看到別人吃飛魚肉，你只能不停地流口水，哪有布給你擦嘴巴啊？！」西俄那恩在他們上路時，雀躍地說。

「我知道，這部落內的飛魚小道，我已經走了十幾年了，還會忘記嗎？！如果有人不小心踩進別人家，要是我是主人的話，我絕不會罵人。我會讓他過去，好人做好事。」頑皮青年船員說。

「火把放在工作房的前室就可以了，以方便取得。」在後面行走的西多馬如哥說。

之後，這船組的青年船員將做好的火把排放在工作房內，然後就各自回家了。

「頑皮鬼！今晚不可以和女朋友約會喔！因為今晚我們要去捕飛

魚，知道嗎？」西俄那恩和頑皮青年船員一起上路時，提醒頑皮青年船員。

「喔！你以為我是什麼男人？才不像你是有青光眼的蛋頭男人呢！看到女人，靈魂就跑光了，不懂什麼是女人，飛魚季哪有約會之理呢？」頑皮青年船員回應說。

◇◇◇◇◇◇◇◇◇◇◇◇◇◇◇◇◇◇◇◇◇◇◇◇◇◇◇◇◇◇◇◇

「爸爸！吃晚餐了，阿姨已經端好了飯菜，只等你了，爸爸！」西曼莉芬對爸爸說。

先曼莉芬就去用餐了，他知道自己今晚要扮演捕飛魚的角色。他只吃了一塊芋頭，配著一兩口開水來填胃，就出去準備今晚捕飛魚該帶的裝備。先曼莉芬是這個船組的捕魚夫，除了他以外，沒有第二個人了，所以他是船組中的重要人物。

「爸爸！你只有吃一塊芋頭，怎麼吃得飽？晚上還要在船上工作，這樣不就沒體力了嗎？」西曼莉芬關心爸爸。

「西曼莉芬！不要對爸爸說太多話。妳知道在飛魚季內，女人是不可在男人捕飛魚時說話的。」西曼莉芬的阿姨說。

◇◇◇◇◇◇◇◇◇◇◇◇◇◇◇◇◇◇◇◇◇◇◇◇◇◇◇◇◇◇◇◇

「太太！晚餐我不要吃了，捕飛魚回來再吃便當就可以了。我早

一點去祭主家休息，恢復體力。你和女孩吃吧！西俄那恩可能也不吃晚餐，因為今晚部落所有十人大船船組都要下海捕飛魚。海面風平浪靜，是個吉利的日子。」西多襄對太太說。

「好吧！你去祭家主早點休息吧！」他太太西南俄那恩回應說。

◇◇◇◇◇◇◇◇◇◇◇◇◇◇◇◇◇◇◇◇◇◇◇◇◇◇◇◇◇◇◇◇◇◇◇◇◇◇◇

日落黃昏時，部落的漁夫各自去自己的船組祭主家，準備下海捕飛魚。擔任主角的漁夫們，更是帶著敬業的精神到祭主家集合。

這船組祭主西卡多弗兒的太太，知道今晚是吉祥日，就很快地在屋內左邊生火，讓住家屋內有火煙味。之後，該船組的船員們陸陸續續到達祭主家集合，最老的船員先多馬如哥也到了祭主家。

 據雅美古人說，火煙味有驅趕魔鬼的功能。族人在蘭嶼島生活已有上千年的歷史，這族人的神學觀發展也同樣有上千年的歷史，代代相傳至今。在十人大船船組內，像先多馬如哥這樣的老人家，僅能作為備用船員。出海捕魚時，他們都是坐在船中央的位置。這種漁業規定是每個船組的長輩設定的，不過各部落船組的規定大同小異。此外，船員即使在祭主家內有話要說，都只能小聲地傳達意思，不可以張開嘴巴大聲說話。

「各位船員們，大家都到齊了沒有？我是不是可以生火了？」捕魚夫在祭主家內問船員們說。

「可以生火了，船員們已經有十三位了。」西多馬如哥清點人數

後說。

「你們三位老人家在室內休息好了，我們已有十位了。青年人你
們去工作房內把火把搬去海邊的船裡，其他船員不要忘記該帶在身上
的裝備，出海後就不可能再回頭拿沒帶的工具。」捕魚夫吩咐船員。

　船員們隨後都出去外面換上捕魚服裝，穿上古舊的丁字褲、甲裝
（asot）、木帽（sakop）以及佩刀劍（takzes）等。這些裝備，每
一位漁夫都需要帶齊的，否則就會像是觀光客了。

「頑皮鬼！待會要用的火把，有沒有排好在船中央了？」撐舵夫
見到他在船邊站著，低聲對他說。

「還沒有！我本來今晚不跟你們去捕魚，想要去約會，跟女朋友
坐在海邊多好啊！划船那麼辛苦，誰要去啊？看你們可憐我才來的
啦！」頑皮青年船員低聲回應。

　船組船員到達海邊後，依自己的位置放下所帶來的用具和衣服等
裝備，然後檢查自己使用的划船槳，看有沒有栓緊。

「把船推出去吧！」位在船首的先順不船員說。

「等一下啦！西俄那恩還在拴緊他的木槳。之前繩子沒有栓好，
所以木架會搖來搖去的。」西多馬如哥看到對面的西俄那恩正在拴緊
木架。

西俄那恩栓好木架之後，他們就把大船推到海灘上，然後用石頭撐在船的兩側，使船穩定地立著。

　　「現在，各位船員誰要去方便的，趕快去。在海中作業可沒有時間讓你去方便，十人大船不是隨隨便便可以靠岸的。」為了海上作業的順利平安，撐舵夫吩咐船員們說。

　　船組船員們聽到吩咐後，多數的人都去遠處方便。方便完畢的船員陸續回到自己的位置，摸著自己的划船槳，準備將大船推到海面上。然後，一位老船員喊出趕鬼的話，船員們一起用力踩著沙灘，將划船木槳搭在肩膀上，讓推動的大船經過衝灘後很快地進入海上。

「小鬼！你聽得懂那老船員說的趕鬼的話嗎？」西多馬如哥低聲地對頑皮青年船員說。

「還不簡單！他說的是叫你媽媽上船來跟我們一起去捕魚。」頑皮青年船員以浪漫的語氣回應西多馬如哥。

西多馬如哥聽到後，用力踢頑皮青年船員的腳。頑皮青年船員慘叫一聲，喊說：「唉喲！小鬼，你要死了！」。在一個船組團體內，老人家說的話，有一些青年是聽不懂的。

當船衝到海灘時，最先上船的是位在船首的船員，接下來是划水夫（manangat）、位在中央的船員（doarak）、背位船員（panlikodan），再來是釣夫（pipangnanen），最後上船的是撐舵夫（manavilak），也是捕漁夫（pivanavanakaen）。撐舵夫展現力量把坐滿船員的大船推出去，使十人大船很快地離開了灘頭，往海上前進。

「前面有幾座礁石島，要小心划船木槳，碰到石頭會斷掉，這樣就沒辦法划船了。如果這樣，倒不如做個觀光客夜看飛魚呢！」撐舵夫說。

船員們注意看著自己的木槳，小心翼翼地划著。大船慢慢前進，越過港內的小岩石島。

「撐舵夫叔叔，是你要小心呢！港內有那麼多的岩石島，萬一大

船碰到這些礁石，大船不就會翻掉了嗎？」頑皮青年船員大聲且不敬地說。

「小鬼！撐舵夫叔叔開船經過這個小型港灣有多少年了，這一點你都不懂嗎？還儘講這些不吉利的話，小孩子！」西多馬如哥在一旁說。

「我們已經在海中要準備捕飛魚了，你們還在說什麼話！我們老人家已經告訴過你們海中作業的規則，還不懂嗎？不要張開嘴巴說話了，安靜作業才能迎福。」先順不老船員小聲地對他們說。

於是，青年船員就安靜地在港內划船，而撐舵夫更加小心地撐住十人大船。港內有許多忽隱忽現的海面礁石，如果掌舵的船員一不小心，大船就可能會撞到礁石而翻船。他們越過礁石島之後，每位船員就把放在自己旁邊的划船木架上的雞毛取下來，來祝福在海上的作業能夠平安順利，並祝福自己的人生幸福與長壽。船內的老船員當然是會很有經驗地進行祝福，但那幾位青年船員，僅用簡單的一句話來祝福自己。

「喂！小鬼！你說什麼話來祝福自己？你會用經典的話語來祝福自己嗎？」西多馬如哥小聲地問頑皮青年船員。

「還不簡單！不像你笨瓜不通呢！我祝福自己的話是神鬼都聽不懂的。『讓我很自然地成長』，這不就是我所說的秘訣嗎？」頑皮青年船員機智地回答說。

「小鬼！什麼是神鬼聽不懂的話？你了解的族語有多少？」西多馬如哥低聲地回應頑皮青年船員。

「當你們祝福自己時，我也一樣在祝福自己。不同的是你們用族語來說話，而我是用別的語言來祝福自己，神鬼當然聽不懂我在說什麼話，這樣他們就不會來管我的事，難道鬼有受過教育嗎？」頑皮青年船員說。

「現在可以正式划船了，你們在談些什麼話！你們想招來不吉利的運氣嗎？你們想跳海游泳回家見情人嗎？划船還說話，不知飛魚文化的規定嗎？」先馬阿大哥以教訓小孩的語氣說，他覺得上次的翻船一定跟頑皮青年船員破壞了飛魚文化有關，所以內心很不高興。

「這小鬼愛說話，沒有家教，快划船。」西多馬如哥低聲說。

這艘十人大船在夜晚航行時，位在船首的船員一直注意看著海岸邊的動靜，以免再次發生意外災害。大船轉過魔鬼涼台望南角時，坐在二號船首的船員知道快進入漁場了，便說：「賢弟們加倍力量地划船吧！我們已經進入漁場，不能錯過機會的。」他說完話後，全體船員們就加倍努力地用力划水，使十人大船很快地在海面上航行前進。

「小鬼！我們已經到魔鬼的家這裡了，不要再說話，以免獨眼鬼會上船來代替你划船，這樣我們又會得不到飛魚和大魚了，聽我的話。」西多馬如哥低聲地對頑皮青年船員說。

「我知道啦！是你不會捕飛魚，又釣不到大魚，那你上我們的大船做什麼，你是遊客嗎？獨眼鬼！」頑皮青年船員對西多馬如哥潑冷水，彷彿打了他一巴掌。

西多馬如哥知道自己被潑了冷水，就用力打槳划船，木槳尾端的海面上被打出漩渦來。如此的力量，維持了二、三百公尺。他這樣做有兩個用意，一是鼓勵船員們加倍力量划船，使大船很快地到達目的地。另外是他很生氣被頑皮青年船員潑冷水，因自己的弱點被他人知道。

船員們看到西多馬如哥用力划船，大家也跟著用力划。這時，十人大船在海面上加速馬力往前跑，希望能很快到達目的地漁場。

 雅美族的十人大船在海面上航行，不是都那麼地快速，因大船建造的體態樣式會影響行船速度。雅美男人造船的技術與知識，人人有所不同。造十人大船是一門高深的學問，應具備的知識很多，有足夠知識與學問的人，才能符合建造十人大船的海人漁夫身分。

「目的地漁場到了，請大家不要再用力了，這樣會趕跑正在漁場游泳的飛魚，使我們得不到飛魚。」在船尾撐舵的先曼莉芬說。他雖然這樣吩咐船員，但是正在使勁划船的船員，哪聽得到他的話。只有靠近他身邊的船員，才停止木槳不再划水。

「你們沒耳朵啊？」撐舵的捕魚夫說。

「漁場到了，停止划船了，快停下來，不要再划了。」坐在船尾

的釣夫先阿拉芬說。

聽到先阿拉芬說話的船員就很快地停止，不再划船。此時，體力不佳的船員就像被追的狗一樣，喘氣不休。

「喔！喔！西俄那恩，你還有沒有水可以給我喝？我快要昏倒了！」頑皮青年船員說。

「船上哪有水啊？雅美人夜晚捕飛魚是不帶水的，船上哪有水給你喝呢？！你要安靜一點地休息，慢慢恢復體力就好了。」西俄那恩對他說。

對剛加入船組的家族青年男人，海上划船的滋味並不好受。除了體力的考驗外，同時也是一種精神的磨練。禁不起考驗的男人，可以躺在木地板上一個月都爬不起來。那個時代的雅美人，沒有飲酒生活，否則海上過累的船員可能會昏倒的。

「快！取出火把來，我已經點火了。動作快一點，以便迎來好的收穫。」捕魚夫對坐在船中央的船員說。

那幾個位在中央的船員，聽到他的話後，快速地解開綁繩，然後取出一個火把給捕魚夫。捕魚夫接到後，很快取出火埂將其點燃。捕魚夫在點燃火把時，大家坐在自己的位置上休息，只有靠近撐舵的船員要握著舵柄來操縱船身。

「請大家往前划一點，大船離岸邊太近了，要以防萬一。」正在

操縱舵柄的船員說，深怕大船被風吹到岸上。

　　大家就輕輕地在海面上划著，讓大船慢慢往前行。不到片刻，他們聽到一艘賣力划船的大船航行在他們的前方。接著，漁場陸續湧進三、四艘十人大船。

　　捕魚夫點燃的火把已經成為光亮的火花，這時，坐在船內的船員們很冷靜地注視著船邊四周。頑皮青年船員心想：「捕魚夫怎麼都還不把光亮的火把矗立在船尖上？！你前面的丁字褲，已經被我們看得很清楚了，還不站起來捕飛魚？我們是要看游近船邊的飛魚，而不是看你的破洞丁字褲呢！」

　　捕魚夫覺得時機到了，才立起火把，插在大船的後尾尖端處，同時順手拿起捕飛魚網（vanaka），做好捕飛魚姿勢。雙目注視著海面，觀察是否有飛魚游進來，以便將其捕捉。其他各就各位的船員，好似裝上了望遠鏡的老花眼，努力注意視線範圍內是否有飛魚正在游泳洗澡！

在雅美族十人大船的船組中，不是一般漁夫都能夠勝任捕飛魚的這項任務。要具備多項良好條件的人，才能勝任這項神聖的漁業工作。船組的幸福，往往是從捕魚夫的身上迎接來的。

　　「請來吧（avakadoavatko）！飛魚。」西多襄看到飛魚游近他槳邊時說。

　　捕魚夫聽到這句話後，心裡想是哪位船員說的？他做好姿勢以便

順利地撈捕游近的飛魚。那條飛魚朝著火光游近船身，這時，捕魚夫已經看到了，但是距離還遠，無法伸手捕捉。接著，又有船員說：「請來吧！飛魚！」捕魚夫聽到後，轉眼看另一方向。果然沒錯，他又看到一條飛魚游近船邊。說時遲那時快，捕魚網伸出後，飛魚就在網內了！這時，捕魚夫很快地將漁獲撈上船，並將網內的飛魚倒出來。

全體船員心裡都很高興，等待下一步工作。一會兒，捕魚夫取出祭竹（talanopivanowan），按在飛魚的眼睛上，並唸出迎福的祝賀語，然後把祭竹放回原處。在進行這項迎福工作時，船內的其他船員都專注地看著捕魚夫，一句話都沒說。

之後，捕魚夫就站起來迅速地取下快熄滅的火把，然後用小木棍打滅火埂，然後坐在位置上。全體船員看到捕魚夫已經坐下，就開始划船往另外一個地方去。

進行迎福時，一句話都不能說，會「嚇下幸福的福份」，這是船組叮嚀的格言。雅美族船組下海捕飛魚時，當第一條飛魚捕上船時，船員們務必遵守祖先傳下的漁業格言，才會朝幸福生活邁進。如此作法，不是只有一個部落的船組會遵行，而是雅美族所有的六個部落船組都會遵守。十人大船在夜晚捕飛魚時，如何尋找另一個漁場是一門學問。這要視漁夫海洋知識的深淺而定，不是每一位漁夫都有足夠的知識，而觀察海流是最重要的關鍵。

「小鬼！我們已經捕到一條飛魚了，你不可以在船上講話，就算女魔鬼摸到你的胸部，也不可以喊叫，聽到了沒有？」西多馬如哥對頑皮青年船員說。

「我知道啦！這船組的事我都明白。你才會被女鬼摸屁股的肛門，讓你一百天都不能去大便啦！」頑皮青年船員回嘴，西多馬如哥無言再說。

接著，他們找到新的捕魚點，就停止划船進行休息。捕魚夫便取出火苗進行生火，他以最快的動作，做好捕魚該做的準備工作。

在紅頭部落，該船組的捕魚夫先曼莉芬是很有名的。蘭嶼六個部落的各船組船員，沒有一個人不知道他。據說他曾經在海面上展現過神奇的捕魚事蹟，讓人另眼相待。他不只是捕飛魚好手，船釣鬼頭刀也是很有名。另外，他在岸礁套魚的技巧也是一流的，可以說是具備「海人五點紅」身分的人。

捕魚夫又立起第二次火把，才剛掛好火把，就有一位船員說：「海面上有兩條飛魚游來了。」捕魚夫一聽到這句話，就很快地拿起捕飛魚網，伸手一撈，就捕到這兩條飛魚。片刻之間，又有船員說有幾條飛魚游近。之後，左右兩邊船員都看到了多達幾十條的飛魚向火光飛過來。這時，捕魚夫聽到太多人講話，心想：「如果我不專心捕飛魚，得到的飛魚可能會不多。」於是，他不再聽兩邊船員說的話，專注地捕撈自己所看到的飛魚。

船員們看到捕魚夫在船尾處，像跳土風舞似地狂捕飛魚。飛魚游近船身越多，捕魚夫就更沒有時間休息。船內蓋板上的飛魚也同樣張開翅膀，像似在跳扭扭舞一般跳動。捕獲的飛魚那麼多，把頑皮青年船員都給看呆了，不敢再說什麼話，因他明白這是福氣的到來。

三條
大魚

船尖端上的火把已經漸漸暗淡，沒有了光亮，也看不見海面上的飛魚了。一切都回歸安靜後，船員們開始收拾蓋板上的飛魚，放入魚艙內。西多馬如哥說：「怎麼樣？該回航了吧！」沒有一位船員回應他。

「這樣好的運氣，何不來釣大魚呢？」一位釣夫說。

「是啊！試試運氣吧！」坐在對面的釣夫西多襄說。

位在船首的船員聽到他們的話，就取出魚線袋，傳給釣夫。船內的兩位釣夫接到魚線後，以很快的動作接好魚線上的魚鉤。這時，捕魚夫也順手取出兩條飛魚，各給兩位釣夫一條。釣夫拿到飛魚魚餌後，就刮掉鱗片，之後用刀將飛魚切開，以四分之一的飛魚肉做魚餌，綁在魚鉤上。釣夫裝上魚餌之際，嘴巴說出吉利的經典話語。使魚鉤一丟入海中，馬上看到大魚上門。釣夫這種小動作，也是祖先傳下來的秘訣，是雅美漁夫必定要學習的經典。

這兩位釣夫正在工作時，其他船員慢慢地划水，讓大船往前方航行，由代理掌舵的船員搞定目標釣場。這時，頑皮青年船員覺得很無聊，便對西俄那恩說：「我們要去哪裡？為什麼要這麼慢划船，什麼時候才能到達目的地呢？我們不要捕飛魚了嗎？」

「你還不懂嗎？我們是要划去外海釣場釣大魚！可能不再捕飛魚了，船艙內的飛魚已經很多了。」西俄那恩回應頑皮青年船員。

雅美十人大船在夜晚的海面上釣大魚，漁夫不是茫然作業的。首先要運用正確的知識，其次是依據神學精神，使行祭很順利地進行，第三是釣夫個人的行為不能觸犯捕魚的法則。以上這些飛魚季期間的海洋漁業格言，雅美族六個部落的船組團體都一樣要遵行，直到飛魚季結束為止。

之後，這艘大船就在海面上拖著魚線釣大魚。「你們快划吧！（kaodankano）」正在摸魚線的釣夫說。

其他船員一聽到這句話就開始用力划，大船很快地往前航行，釣夫很費力地拉著魚線。以他的釣魚經驗，知道有鮪魚（vaoyo）上鉤，族人視這類大魚為女人魚。船員要繼續划船，不能停止，要一直到大魚拉上船後，船員才能放下木槳休息。

「你要注意一點，大魚已經在船邊了。」坐在中央的西多馬如哥對釣夫說。

大船夜晚釣大魚，若想順利得到這條大魚，需要靠漁夫的智慧。因為要能拉起海中的大魚，絕對不是一件很輕鬆的事。這時，捕魚夫已經摸著魚線準備把那條大魚拉上來。那條大魚靠近船身，知道沒命了就發出全身力量向外海衝去，把魚線拖出百公尺之遠。這專釣大魚的魚線，是漁夫特別製作的，什麼樣的大魚都可以被釣上來！這條大魚已經沒有力氣了，釣夫慢慢地把它拉到船邊來。

「大魚已經在船邊，可以拉上來了。」西卡多弗兒老船員說。

正在摸魚線的捕魚夫，也知道大魚已經很近了。他很快地站起來，

用力把那條大魚順著船邊拉進船內，這條大魚果然是鮪魚。船員看到大魚被拉進船內，就很高興地作各種屬於自己個人的小動作。

「婞兒（頑皮青年船員），我們釣到人魚了，你很高興喔！」先阿拉芬老船員說。

「我才不覺得很高興呢！不管我吃多少魚肉，都還不如去見我的美麗女朋友呢！」頑皮青年船員不喜歡老人這樣對他說，用不雅的語氣回應。

大魚拉起之後，釣夫取出祭竹來祝賀幸運的船組及與魚神對話。祝福完畢後，釣夫將祭竹放回原處，然後解下還在大魚口中的魚鉤。

釣夫得知獲得好運之後，就告訴捕魚夫說：「魚鉤帶來好運，剛好勾住這條大魚嘴巴的中間。」

 在雅美族海洋知識中，魚鉤鉤到魚的不同地方，族人的神學知識會加以解釋。如果魚鉤鉤到魚胃上，代表不夠好運。若鉤到魚的嘴邊，運氣也是不夠好。魚鉤如果鉤到魚嘴中間的部分，則代表擁有最好的運氣。

這艘十人大船釣到鮪魚的釣夫名叫先阿拉芬，是該船組很有名的釣夫。船組的另一名釣夫叫西多襄，他釣大魚的功夫也很好，其差別是在看行祭的過程是否順利。先阿拉芬釣到大魚時，西多襄也同時拉著自己的魚線，看看魚鉤，心想：「怎麼海中大魚不吃我的魚餌？」。他知道鮪魚在海中，通常是兩條在一起迴游。「另外還有一條鮪魚，怎麼不吃我的魚餌？」他帶著一點懷疑的心情，但是不知道自己錯在

哪裡。

　　之後，該船船員很高興地往前方划去。其他船員正在划船時，兩位釣夫就已掛好魚餌，丟進海中繼續要去鉤住「幸福魚」。十人大船夜釣大魚時，划船的船員要經輕地划水，而不是大力划船。這種知識也是雅美祖先漁夫傳下來的撈魚智慧，族人一代一代地傳下來。

　　「快划！有魚上鉤了（kaodan kamo ta daniyakan）。」西多襄摸著魚線時說。

　　船員們一聽到這句話，就很快地增加力量划船，十人大船迅速地往前航行。但是魚線上的大魚又把線往外拉，使得海上的十人大船寸步難行。此時魚線跳出水面被拉成一直線，西多襄釣夫喊叫說「不要划了！大魚會拉斷魚線的（ji kamo kaodan sazavatenna）。」大家聽到之後，就停止木槳，不再划水了。不過沒聽到的頑皮青年船員還是很用力地划水。

　　「小鬼！你沒有耳朵啊？不要再划了，不怕大魚拉斷你媽媽製成的魚線啊？！」西多馬如哥低聲對頑皮青年船員說。

　　「喔！大魚上鉤逃跑了嗎？怎麼不划了？我正在賣力地划船，當然沒聽到四週傳進來的話啊！」頑皮青年船員回應西多馬如哥，他以為大魚逃掉了。當頑皮青年船員發現只剩自己一個人在划船，像是個無知的傢伙，於是就停下木槳休息。

之後，西多襄釣夫慢慢地拉著海中那條大魚。釣夫老船員都知道海中各種魚的習慣，所以他們要用不同的方法去拉起不一樣的大魚。否則，會成為沒有收穫的返航漁夫。

「看到了，忽隱忽現的亮光出現在海面上（oito tana yakomarowaroway）。叔叔！注意一下。」西俄那恩在海面上看到了那條上鉤的大魚說。

在這一個關鍵時刻，釣夫老船員的反應是很重要的。他慢慢地拉近這條大魚，這條大魚見到漂流木（船底）比自己的魚身還要長幾公尺，就帶著海中的靈魂往外海飛奔游去。老人釣夫西多襄手中拉著的魚線一下就發燙了，手掌就像被刀子割裂的感覺。他趕緊放下魚線，讓海中上鉤的大魚自由游去。海是那大魚的社會，逃命的那條大魚，彷彿三秒鐘就跑完了一百公尺。船內的老釣夫不敢再摸著魚線，因為那魚線進入海中發出咻咻的怪叫聲，如電般的飛去。

「我的手被魚線燙傷了，所以放下了魚線（kotona tomtadan ovid ta, yakmikasosowan lima ko）。」西多襄老釣夫禁不起大魚快速拉魚線所產生的火花，帶著燙傷的手說。

「耶！當然的，不然你的手會被魚線割傷的，那是不得已的事，又不是要故意放掉魚線。」先曼莉芬捕魚夫贊同地說。

「我在海面上看到這條大魚光亮的影子（karowarowaynq），比剛剛釣上來的鮪魚還要大些。」西多馬如哥見了情況說。

不到一、兩分鐘的時間，這條魚線又形成一條直線，直通到大魚的嘴巴。魚線的另一端，釣夫綁在木槳的架子上。十人大船和海中大魚正在表演拉鋸戰，大魚無法拉斷特製的魚線，魚鉤更是緊抓著大魚的嘴巴。過了不久，海中大魚實在沒有力量再把十人大船拖到海底繼續作客，身體就慢慢地鬆懈了，再也無法拉著魚線。

　　這時，那老人釣夫伸手摸著魚線，得知魚線鬆開了，心想：「哇！大魚可能逃掉了。」他不知道在海中那條沒力量的大魚，被海流打到船邊，魚線才會鬆掉那麼多。

　　「那條大魚逃掉了，可能拉斷了魚線。」釣夫西多襄說。

　　沒有一個船員回應，只期待結果。但過了不久，西多襄釣夫又說：「大魚還在！我在拉魚線時，線的那一端慢慢地加重了。」

　　「那大魚可能順著海流游過來了吧（nairanooti）！」西卡多弗兒船主說。

　　西多襄釣夫也明白這事，就小心地把海中那條大魚慢慢地拉近。這時，捕魚夫先曼莉芬伸手去摸魚線，準備把大魚拉到船上來。他看到大魚已經到了船下，就站起來把大魚捉起來，但即使用盡全身力量，也提不起海中的那條大魚！

　　老船員西卡多弗兒便說：「從魚線提起大魚，要兩個人。捕魚夫也要解開木槳架子上的繩子，然後把繩子綁在魚的尾巴，這樣才能提

得動這條大魚。」船主西卡多弗兒有智慧地對大家說。

釣夫與捕魚夫聽到船主的話，就按照吩咐行事。果然沒多久，上百公斤的大魚就被拉到船上了。

大家看到大魚上船，紛紛讚嘆地說話。他們很高興釣到兩條大魚，同樣都是鮪魚，這兩條大魚都放在大船內的中央位置。

「頑皮青年船員，你好高興喔！明天有大塊魚肉，可吃不完的。我們的運氣很好呢！」西多馬如哥順口對他說。

「你是笨蛋啊！不知道我能吃多少魚肉嗎？！幸福當然會來到我們的船組，你不知道前幾天我們有殺小豬避邪嗎？你只看今晚，不瞭解之前所做的事，當然是笨蛋船員囉！」頑皮青年船員回答。

「我們應該可以返航了吧？船內已有兩條大魚，而且都是上等的女人魚，這兩條大魚我們是吃不完的啦。」頑皮青年船員對西俄那恩說。

「你還不知道嗎？十人大船夜釣大魚，收穫很好時都是要等到天亮才會回航的，當然我們也要等到天亮後才會返回港口。」西俄那恩將他所瞭解的船組知識告訴頑皮青年船員。

「可是我很想睡覺呢！我禁不起熬夜，一直坐在船上，屁股都被壓扁了。早知道能釣到大魚，我就不參加今晚的捕飛魚了。」頑皮青

年船員說。

「再給我魚餌吧！」先阿拉芬不認輸地說。捕魚夫聽到後，就拿一條飛魚給他。

雅美族在飛魚季舉行行祭儀式，主要是要迎回已遠離的福氣。這種海洋規則是早期祖先設定而傳下來的智慧。雅美族漁夫釣大魚時，不是每條飛魚都可以用來當魚餌的，而是要挑選出可以做魚餌的飛魚，最好是用公的飛魚，叫 owadan，母的飛魚（apiyan）絕不可以當魚餌，海中大魚是不吃母飛魚肉。雅美人也懂得研究海中大魚的生理習性。

先阿拉芬一接到飛魚，立刻加以處理作為魚餌，然後綁在魚鉤上。心想，希望能釣到男人魚（cilat），好使自己有魚頭吃。他把一半飛魚綁在魚鉤上，綁好之後就放入海中，並說出迎福的話語，希望魚神聽到後能送給他一份大魚禮物。

同樣地，西多襄在解下魚鉤後，也很快地在魚鉤上掛好魚餌，希望有更豐富的收穫。在紅頭部落的釣夫中，西多襄可稱得上是有名的漁夫，他曾釣過二百多公斤的大石斑魚（veza），在魚的胃中取出了三十六條飛魚，聲名更是遠播。

「划船吧！有魚上鉤了（kaodan kamo ta d niyakan）。」先阿拉芬釣夫邊說邊拉著魚線。

船內其他船員聽到後就開始用力划，使十人大船加倍速度地往前行。魚線很快地成了一直線。「不要划了！大魚會拉斷魚線的。」先

阿拉芬邊說邊放掉魚線。他的手掌禁不起逃生大魚將魚線往外拉去，船員知道後就放鬆自己的木槳，不再划船。

接著，先阿拉芬的魚線成一直線地通到大魚嘴巴。那條大魚再怎麼花費力氣，也絕拉不動十人大船。先阿拉芬再伸手去摸魚線時，感覺魚線已經鬆懈，大魚不再拉著。於是，他趕緊用雙手拉著魚線，慢慢地把那大魚拉近船邊。

「賢弟（先阿拉芬）！你要注意了，大魚已經離船邊不遠了。」西卡多弗兒見到大魚在海面上的光影時說。

先阿拉芬釣夫聽到後，就很注意那大魚在海面上的動向。之後，捕魚夫摸著魚線，準備大魚一靠近，就將它快速地拉進船內。那條大魚再也沒有力量往外海逃生，等待著被拉上船。捕魚夫得知情況，馬上不錯過機會，一手就提起魚線把大魚拉上船。這時候，船內的船員都以高興的心情坐在自己的位置上。

 在雅美族漁夫的知識觀中，漁夫釣大魚不是每次都有同樣的傑作。有的漁夫很輕鬆地把上鉤的大魚拉上船來，但是有的漁夫就可能要非常辛苦才能將大魚拉上船，端視個別的漁夫能否成為像樣的海洋之子。釣到三條大魚是極為好運的，這種福份不是大船每次出海捕魚都能有的。雅美族人以獲得幸福為準則，尤其在飛魚季期間，船組務必尋求很好的福分，使船組成員的家庭能夠年年幸福快樂。十人大船夜釣到的大魚，不論是女人魚或男人魚，漁夫都必須用祭竹及海水來祝賀這些魚。依據雅美神學觀的知識，並不是釣夫釣到大魚有多屬害，主要是因為有魚神的賜福。

這艘十人大船已有三條大魚了，都是族人視之為女人魚的鮪魚。

「各位船員，我們划去休息，等到天亮再回航吧！」祭主西卡多弗兒對其他船員說。

　　聽到祭主說的話，捕魚夫收拾好捕飛魚網具，船員們開始朝向 jilebeng 漁場划去。正在划船時，頑皮青年船員低聲說：「西多馬如哥！為什麼我們不回航到祭主家睡覺呢？為什麼還要到那漁場休息？等到天亮還要多久呢？」

　　「小鬼！你沒看到船內有三條超大的鮪魚嗎？這是一種福氣，漁場休息的作法不是只有我們這個船組才做，其他部落的船組也都是這樣的。這是飛魚季的規定，有關自己的福份，誰敢去破壞？我也很累了，不是只有你一個人想睡，聽從船組的吩咐就是了！」西多馬如哥對他說。

「早知道有這種漁規，我就不跟你們一起出海捕飛魚了。在家安靜地睡覺有多好！」頑皮青年船員說。

西多馬如哥沒作回應，覺得他囉嗦，只賣力地划船，使十人大船在海面上快速地航行。

撐舵的捕魚夫明白祭主西卡多弗兒的意思，就把大船朝向 jilebeng 漁場去。「到了，請你們停下木槳，不要再划了。」撐舵的捕魚夫說。

「哥哥（頑皮青年船員）！我很想睡覺呢！眼皮很重，眼睛一直閉著，受不了啦！我等一下就睡覺了。」西其牙上對頑皮青年船員說。

「我也一樣，等一下就要睡了，真的受不了了，這是什麼海洋文化啊？！好像在玩人生遊戲呢！回航就回航嘛！幹嘛還要在海上找地方休息。喂！西其牙上，不要真的睡著了，你的靈魂會被魔鬼抓走的，聽我的話喔！」頑皮青年船員對西其牙上說。

「頑皮鬼！不要跟我說那些連飛魚都聽不懂的話。大魚的心臟明天不給你吃，你才會被老人鬼抓走。回到部落後，我要找你的女朋友約會喔！不相信，試試看。」西其牙上反駁頑皮青年船員。

「賢弟！這三條鮪魚，算不算是中等級（teyevak no among）漁獲水準？會這樣說是因為看到這三條大魚在船內，已經頂到座位了。」西卡多弗兒對先阿拉芬釣夫說。

「我釣到的那兩條鮪魚，可以算得上是中等級。西多襄釣到的已經達到大號等級（atilos）的水準了，能超越這條魚是不多見的。」先阿拉芬釣夫回應祭主西卡多弗兒。

在海面上休息時，頑皮青年船員伸手摸著船內的鮪魚，心想：「要是我能勝任釣夫的工作，那該有多好！大魚的頭都是給釣夫享用的，如此釣夫的肚子豈不是三十天都餓不了！」

「喂！小鬼！你在摸什麼啊？不可以亂摸船內的大魚，知道嗎？魔鬼摸的魚是不好吃的，吃了會上吐下瀉！放手，不要再摸了。」西多馬如哥看到頑皮青年船員摸魚時說。

「我會摸這條大鮪魚，是因為我一生中沒見過這麼大的鮪魚，很欣賞這樣的福氣！我又不是局外人，不能摸釣上來的魚。什麼鬼啦！你才是鬼。」頑皮青年船員說。

頑皮青年船員知道摸魚這個小動作不利於船組漁業，就安靜地坐在位置上假睡。

紅頭部落船組在夜晚捕獲了幾條大魚，依據飛魚季規則，一定要在海上特定的地方停泊休息，等到天亮時才可以返航進港。十人大船停泊時，撐舵夫的責任很重大。因為他負責掌管大船動向及十人船員的命運，所以他不能閉著眼睛睡覺。撐舵夫必須隨時把船頭朝向南方海面，以防萬一。

「阿姨！已經很晚了，爸爸他們怎麼還沒有回家？是不是他們在海中出了問題？我很擔心爸爸呢！」西曼莉芬還沒有看到爸爸回家吃點心，心裡難過地對阿姨說。

「孩子！不要操心了。如果他們釣到二到五條大魚時，他們一定要等到天亮後才可以回航。另外就是大船觸礁或是在海中作業翻船，才會造成船員回不了家。依據神學和憑我的經驗與感覺，目前一切都很平靜，所以爸爸他們應該是釣到了大魚，要等到天亮才會回航。」

「我希望阿姨說的話是正確的。」西曼莉芬說。

「孩子，放心吧！爸爸他們是沒有出問題的。」西曼莉芬的阿姨心情平和地說。

◇◇

「媽媽！天快要亮了，可是還沒看到叔叔回家吃便當呢！是不是他們又觸礁了，十人大船被礁石衝破了，而不能返航回家？」西巴其安對媽媽說。

「孩子！你還年輕，還不夠明瞭很多的社會知識。你說的情況，發生機率是很低的。在飛魚季當中，十人大船船組釣到大魚的話，要等到天亮回航。這種規定是以前老人家所設計的原則，這也是為什麼叔叔他們還沒有回來的原因，等他們到天亮吧！」西巴其安的媽媽對孩子說。

「天空已經很亮了，我們為什麼還不回航呢？我肚子很餓了！再延下去，就沒有力量划船了。」頑皮青年船員對西多馬如哥說。

「真是個小孩子！這些老人家船員是按照以前祖先設定的規則來進行的。我也很餓，又想睡覺。你以為我跟你不一樣嗎？年輕人的體力當然禁不起熬夜的。小鬼，你想回家見老婆，就下去游泳吧！你的老婆在等你！」西多馬如哥對他說。

「你自己連老女人都娶不到，還說我有老婆。喂！西多馬如哥，你比我大的多呢！女人看你是一條老人魚！他們怎麼會嫁給你。我看你是一輩子都撈不到太太的『木瓜男人』呢！」頑皮青年船員反駁西多馬如哥，語氣如暴風大浪般的強烈。

撐舵夫看到天已經很亮了，就開始把船首朝向回航的航線，然後說：「我們回航吧！」船內船員聽到他的吩咐，就開始划船回航。

這時候，依雅美族傳統漁規，有很多紅頭部落的男女，無論是老人、中年人與青年人都坐在所選的位置上觀望著外海，欣賞進港的十人大船，大家都想了解大船內捕獲的魚類。

「喔！有了（oitoranz sira），十人大船要進港了。」有位正在

觀望的部落青年說。聽到這句話，原先坐在石頭上的人全都站起來注視著港口外。在裡面的老人家當然還看不到進港的大船，因為他們的視力已經退化了，連帥哥、美女經過他們面前時，他們還以為是羊、豬在招手呢！一個青年人接著說：「喔！有大船進來港灣了，他們很用力地划船，海面水花起舞。」

「孩子們（manga nak ko）！部落的人已經看到我們快進港了，大家用力打水划船吧！」撐舵夫對船員說。

十人大船內的船員們聽到後，更加賣力打水划船，使海面飛起著水花，大船也快速地進入港口。

雅美族十人大船夜捕飛魚，在釣到大魚等天亮回航時，有不同的進港航線及划船姿勢。如大船內有三條以上的大魚，進港船位比較靠外面，而且划船要較為用力。如果在船內只是普通的大魚，那麼船位則靠內邊，划水較輕慢。

「我看他們進港的航線，顯示他們釣到了幾條大魚。朋友（mokeakay）！對不對？」觀望進港大船的一位部落老人家對旁邊的另一位老人家說。

「朋友！你說得對，得到大魚進港的航線就是這樣。還有，朋友！

你看撐舵夫都站起來了，應該是有特別收穫吧！」另一位老人家回應說。

此時，與該船組相關聯的家屬也都往海邊飛奔而去。十人大船的撐舵夫站起來撐舵進港，部落的人看到很高興，因為他們知道以這種方式進港的大船，會給部落帶來幸福好運，大家能分享到美味的魚肉。

在港口的灘頭上，已坐滿了許多男人，準備幫忙將大船拖上岸。大船轉頭之後，就慢慢地靠岸。大船一登上灘頭，船內船員馬上下船，將瘦如鋼架、缺乏營養的肩膀搭在大船的根架上，然後祭出全身力量將大船推回原來的位置。海邊的部落男人，也很快地擁到船邊幫忙拖船上岸。

之後，船員們用石頭墊在大船兩側，大家分工地把自己該做的事完成。頑皮青年船員隨即伸手提起船內的大鮪魚，想要搬下來放在海灘上。西多馬如哥看到後說：「頑皮鬼！你想表演釣夫戲嗎？你在做什麼？船內的大魚不是任何船員都可以搬的，只有釣到魚的釣夫，才可以把船內的大魚搬下來，你想搶奪釣夫的福氣嗎？快放手，這條大魚不是你釣上來的！」

「才不是呢！我只是想幫忙，因為關心叔叔年紀大了，沒力氣搬上百斤的大鮪魚。」頑皮青年船員說。

「船內的大魚，不管有多重，只有釣夫才可以搬下來。你雖然關

心，但關心與福份是有差別的。漁夫要遵守從祖先傳下來的這種做法，難道祖先不懂得關心嗎？去海邊等著生吃魚心臟吧。」西多馬如哥教育頑皮青年船員說。

原本搬著大魚的頑皮青年船員就放手了，順便撿了船內的垃圾。在大船旁邊觀望的部落男人，一直專注地看著船內，心想到底是誰釣到的大魚？大家都不想離開現場。

「快去幫忙先阿拉芬叔叔，他提不動那條大魚。」祭主西卡多弗兒看到先阿拉芬怎麼提都提不動這條大鮪魚時說。

在船內撿垃圾的頑皮青年船員聽到這句話，就趕快去幫忙提那條大魚，把它放在船邊。大魚在沙灘上由先阿拉芬一個人拖著，寸步難行，還是拖不動。頑皮青年船員看了後，趕緊去幫忙，讓先阿拉芬順利地把大魚搬到灘頭上。那條大魚放在灘頭上後，再去船上搬另一條大鮪魚。雖然這條鮪魚比較小一點，但是先阿拉芬老船員還是搬不動，隨後由西俄那恩船員幫忙搬到灘頭上。而第三條大鮪魚是西多襄釣到的，他也同樣提不動這條大魚，由西多馬如哥船員幫忙搬去灘頭上。之後，由兩位釣夫自行處理自己釣到的大鮪魚。

來幫忙拖大船上岸的部落男人看到漁夫在處理大魚後，就各自回到部落裡去了。

「媽媽！叔叔他們到天亮了才回航是因為釣到了大魚，我親眼看到叔叔（西多襄）搬下一條大魚。媽媽，你又有魚頭可吃了！」西巴其安對媽媽說。她媽媽在旁邊聽到孩子的話，就瞪她一眼，不回應她。因為四周都是觀看大船回航的婦女，人多她不好意思說話。

◇◇

　　「阿姨！爸爸回來了。我看到有三條大魚從船上被搬下來，放在海邊那裡。」西曼莉芬回到家時對阿姨說。

　　「孩子！我知道了。十人大船等天亮才回航是因為釣到了大魚，所以不是出事。」西曼莉芬的阿姨說。

分魚
煮魚

「喂！頑皮鬼！你先不要回家好嗎？我們這幾位青年人要幫忙扛這三條大魚回祭主家。你以為這兩位釣夫老人家能抬得動這些大魚嗎？來吧！到海灘上坐著，等釣夫處理完大魚後，我們幾位年輕人去幫忙把大魚扛回家。」西多馬如哥看見頑皮青年船員正跟幾位老船員一起回家時對他說。

「據說，誰釣到大魚，誰就把大魚抬回家，別人抬大魚回祭主家，是違背飛魚季的信仰！難道你還不懂得這個優美的道理嗎？」頑皮青年船員以快得像龍捲風的話回應他。

「不要再說了！以前的漁夫都是幫忙抬大魚回家的，沒有違反信仰。快來！我們去灘頭上休息。」西多馬如哥就是要頑皮青年船員幫忙抬大魚回祭主家。

頑皮青年船員聽到後，轉身跟著西多馬如哥往灘頭去，然後坐著看釣夫處理鮪魚。釣夫先阿拉芬去除魚心後，切開分成兩塊說：「給你們吃吧！」在一旁坐著的西其牙上就站起來拿一塊魚心用海水洗淨，然後送進嘴巴咬了幾口吞下肚。

「頑皮鬼！去拿一塊魚心吃啊！讓你像大魚的心想吃漁夫的餌，一樣把你釣上船來。快拿啊！沒時間了。」西多馬如哥對頑皮青年船員說。

頑皮青年船員聽到後，就去拿另一塊魚心，同樣放進海水洗，然後丟進口中，展現出十足的青年味。

「等一下釣夫取出大魚的大鰓後，你拿去吃，那是比較有營養的。你會長得比鮪魚還高大，像巨人魚，有尾巴上路呢！」頑皮青年船員對西多馬如哥說。

「喂！小鬼！鮪魚的鰓要怎麼生吃？這不是要讓我的嘴巴染上一點紅嗎？沒看到魚鰓是紅色的，沒聽說過嗎？鮪魚的鰓部是不可以吃的，要丟到海裡餵養老人魚。你才是帥哥魚，用尾巴上路的男人。」西多馬如哥說。

「給你們吃，我放在這石頭上了。」先阿拉芬取出另一個切成兩塊的鮪魚心臟放在石頭上說。

「叔叔！那塊魚心應該給你生吃。」西俄那恩說。

「我不要生吃魚心，我老人家不是沒吃過這東西，現在改由你們年輕人來吃。大家都很辛苦，快拿去吧！沒什麼的。」先阿拉芬說。

之後，西其牙上和西俄那恩就拿了那兩塊魚心，用海水洗後，再丟進口中吃。

「叔叔！魚心為什麼要在海邊生吃呢？為什麼不帶回祭主家給女人吃，這是以前古時候人的習慣嗎？」頑皮青年船員想明白箇中道理，才如此問老船員先阿拉芬。

「在飛魚季內，如果十人大船釣到大魚，女人是不可以分享魚肉

生吃，這是祖先們設定的漁規。據了解，女人生吃魚心會讓釣夫釣不到魚，再來女人吃生肉是不雅的風格。」先阿拉芬告訴頑皮青年船員。

「叔叔！還有，魚的鰓不可以吃嗎？為什麼要丟掉？之前你處理一些大魚，都沒有丟掉魚鰓。這種大魚的魚鰓不能吃嗎？可以拿來煮魚湯嗎？叔叔。」頑皮青年船員吃過魚心後，問先阿拉芬說。

「姪兒！以往我處理的大魚都是男人魚，這類魚的魚鰓是可以吃的，而且很好吃。但我現在處理的大魚是鮪魚，族人視為女人魚，這類魚的魚鰓是不能吃的。古時候的祖先們煮鮪魚的魚鰓來吃，發現不好吃，所以前人不是沒煮過魚內臟。後代的漁夫都會把這種魚的鰓部丟掉，這是船組的規定，不是只有紅頭部落的船組才這樣，所有族人都一樣。」先阿拉芬教育頑皮青年。

「這三條超大鮪魚已經處理好了，請你們青年人到船上拿三根木槳，用來扛這三條大魚。」西多襄釣夫對青年船員們說。

青年人當中的兩位，西其牙上和頑皮青年船員去船邊把木槳拿下來，然後將木槳串在大魚的鰓部。「頑皮鬼！我們兩人扛最大的那條魚，青年人沒什麼扛不動的，快！」西多馬如哥對頑皮青年船員說。

「好哇！雖然我還沒扛過這種超大的魚，試試看我的體力吧！西多馬如哥，你的年紀雖然比我大，但是你卻骨瘦如排呢！這條大魚會把你歪歪的身體變成駝背男人，娶不到太太，哪個女孩子會喜歡你這個駝背的男人呢？」頑皮青年船員機智地回應西多馬如哥。

這三條大魚，由西多馬如哥和頑皮青年船員扛一條，西俄那恩和西其牙上扛一條，第三條魚則由先阿拉芬和西多襄釣夫扛回家。因為釣夫的經驗老到，途中兩位老人釣夫很輕鬆地上路回部落。而這兩組青年人則是寸步難行，才走幾步就又放下來，因為實在太重了。而且大魚的尾巴拖在地上抓石頭和草，不容易順著向前行。那兩位釣夫老人家扛的大魚，尾巴也一樣拖在地上，但他們有拿繩子把大魚尾巴綁起來，讓尾巴離開地面，好上路。

　　「還好你們來了，那幾位青年扛不動那兩條大魚了，因為魚尾巴都拖在地上了（omlinas o vavagiyatan）。他們還在馬安藤（kavalinowan）草邊休息，你們快去幫忙扛大魚吧！」先阿拉芬看到先曼莉芬和先順不各自扛著木棍往海邊去，對他們說。

「我們知道超大的鮪魚，只有兩個人哪扛得動？那一條大魚至少要四個人搬，才能扛上部落。」先曼莉芬說。

「賢哥！你去幫西俄那恩他們，我去幫忙頑皮青年船員他們，他們抬的大魚看起來大得多。」先順不對先曼莉芬說。

「我看頑皮青年船員扛的那條大魚，一定是需要四個人才能扛到部落去，那條鮪魚可說是超大的。從我加入家族船組，大約已有五十多年了，都還沒見過這麼大的鮪魚。所以青年人的力量再怎麼大，還是扛不動的。」先曼莉芬往海邊走去，對走在前面的先順不說。

「賢哥！你說得對，我也沒看過這麼大的鮪魚。過去十幾年當中，我們船組釣到的鮪魚只有尾巴碰到地面而已，兩個人扛著走是很輕鬆的，而今晚釣到的鮪魚已經超過以往所釣到的大魚。」先順不說。

先阿拉芬和西多襄兩位釣夫到達祭主家後，把扛回來的鮪魚放下。然後先阿拉芬取下祭竹來祝福他釣到的魚說：「peypapiyai namen kalavongan niyo, maday kamo so araraw a omrapong so panlagan name。」意思是說：「感謝妳們（大魚）帶給我們幸福，希望妳們每天都能獲得祝福，使我們幸福。」他祝福完後，放下祭竹，掛回魚架上。接下來，他又拿起掛在魚架上的黃金片和珠寶等物品，以同樣的話語來祝福大魚及享用大魚的船組人員，使船組人員獲得健康、平安與幸福的生活。他祝福完畢之後，就回家洗澡、吃點心。西多襄也一樣回家洗澡，吃點心，換禮服。他們兩人扛回家的大魚是先阿拉芬釣到的，是三條大魚中比較小，族語稱為 pandan no 的鮪魚。

「先生！釣到大魚可以馬上回航嗎？為什麼還要等到天亮後才能回航呢？這樣你們會體力不足，沒有心情吃鮪魚肉了，不是嗎？」先阿拉芬正在吃點心時，他的太太對他說。

在雅美人的社會中，如此夫妻之情的情意是不夠完美的，應該等先生吃完點心後，才說出心中想說的話，這樣才是完美妻子應有智慧的風格。

「族人的這種飛魚季規則，是從祖先傳下來的，後代的漁夫要繼承。我們相信這種做法會帶來幸福、快樂的團體生活。因此，我們才要等到天亮後才回航。」先阿拉芬引述文化經典給太太明白。

「先生！你們也該知道守家妻子的心情，就以還不到一個月前曾發生過的事情來說，你們觸礁受難，每一位船員都被海膽刺傷了腳，讓你們十個船員走路都不像個正常的男人。這種情況還好，如果哪天有大浪沖壞了大船，大船一定會被大浪沖到岸礁上，船員受的傷就不會那麼輕了。所以我才把做妻子的各種心情告訴你，好讓你了解在家守著門的妻子的擔憂。」西南阿拉芬對先生說。

「阿姨！爸爸不回來家裡嗎？他又要去哪裡呢？他一夜不停地工作，到現在都還沒吃點心，身體一定會勞累的。」西曼莉芬對她阿姨說。

「爸爸去幫忙扛大魚回祭主家，他說先把大魚搬去之後，再回來用點心。漁夫們一夜不休地撈魚，這才算是海洋之子。那些說大話的男人，沒有經歷過海上的艱苦滋味，這種男人只是一個靠海洋吃飯的人！」西曼莉芬的阿姨對她說，她的目的是要讓西曼莉芬明白男人在漁業能力上有不同的料，好讓她將來在出嫁前，看清楚部落中有什麼樣的男人。

◇◇◇

往部落走去的小路是很難走的上坡路，先曼莉芬和先順不到達馬安藤植物旁邊時，看到那四位青年船員在休息，。

「姪兒們還好吧？（siramanganakong），我們剛回家洗個澡，現在來幫忙搬大魚。」先曼莉芬看到他們已經走不動了。

「叔叔！我們可以扛著魚慢慢地從海灘走到這上面，但是走到這裡後，我們就沒辦法再繼續往上走了。大魚的尾巴很長，拖著地面上的草，我們根本就抬不動。如果有多一個人幫忙提大魚尾巴，那就還可以上路。可是就是沒人提魚尾巴，所以走不動了，就放下大魚休息了。不過，我們剛剛恢復已經用完的力量，你們就來了，我們的心情可以放鬆了。」西多馬如哥說。

「姪兒！你跟頑皮青年船員提起大魚，我用帶來的繩子綁在魚尾上，然後再綁在木槳上，這樣魚尾就不會拖在地上吃草了，試試看吧！」先曼莉芬對西多馬如哥說。

先曼莉芬用帶來的繩子綁在魚尾上，又綁在木槳上。頑皮青年船員和西多馬如哥接著就把大魚扛起來，因為魚尾不再拖到地上，他們就起步回部落去。不過，在前進的路上還是寸步難行，因為小路是上坡，而且那條鮪魚實在是太大，而且很重。

　　「放下來！放下來！怕你們跌倒，會摔傷身體。我跟叔叔一起抬著魚尾巴，這樣四個人抬會比較輕鬆。」先曼莉芬對西多馬如哥說。

　　西多馬如哥和頑皮青年船員就把大魚放下來，先曼莉芬去船上又拿了一根木槳，將魚尾綁上。之後，他們四個人扛著大魚，慢慢地走在上坡小路回到部落。走到部落時，碰到要去海邊幫忙搬大魚的先阿拉芬和西多襄，便對他們說：「你們快去海邊，西其牙上和西俄那恩在馬安藤邊坐著，他們抬不動那條大魚。」

　　「我知道，那條大魚不是二個人就可以扛得動的，最少要三人以上才能順利地扛回家。」先阿拉芬說。

　　他們加快步伐往下走，紅頭部落往海邊的小路都是石頭階梯，很容易滑倒，尤其是下雨天，更穩不住腳步。

　　「姪兒們辛苦了，我們老人家的動作慢，祭主家離這裡又很遠，我想我們四個人抬大魚比較輕鬆。我先到船上拿一根木槳，綁住魚的尾巴就可以了。」先阿拉芬說。

　　「叔叔！我還可以，但弟弟西其牙上就沒有辦法再走動了，加上沒有人幫忙提尾巴，所以很難搬動這大魚。」西俄那恩陳情地說。

先阿拉芬先去船上拿了一根木槳，用帶來的繩子把魚尾綁在木槳上。「姪兒西俄那恩和我扛魚頭，西其牙上和西多襄抬魚尾巴，這樣我們就可以上路了。」先阿拉芬說。

　　之後，他們就扛著這條超大鮪魚往部落的上坡小路走去。西其牙上當然就輕鬆多了，不再要死不活地抬著這條靠近海岸、少見的大魚。

　　祭主家的魚架上掛滿了黃金片和珠鍊等物品，除了祭主家的財寶外，另有兩位釣夫的財寶也都掛上，這是迎福的動作。該船組的男男、女女，老、中、少年人全都聚集在祭主家欣賞這個大魚福份的到來。

　　最後，扛著超大鮪魚的船員也到達了祭主家，取下木槳後，與其他釣獲的大魚放在一起。該船組的人看了這三條大魚，婦女們都像抓癢般摸著頭髮表示很高興，這個動作是雅美婦女的喜樂風格。男性老人看到釣獲的大魚，臉上只浮現喜樂的表情，不可以有狂歡的表情出現，因為老人家明白樂極生悲的道理，不懂事的人則不在此限。

　　之後，先由釣到大魚的釣夫用自己的金片祝福自己釣到的魚說：「ko imo toyotoyonen mo katowan a maday kamo so araraw a inahahapan namen。」意思是指：「我祝福你們，願你們每天獲得，使我們生活幸福。」同樣地，另外一位釣夫也是用這樣的話來說祝賀語。如此的祝福語在各部落的船組是大同小異，主要是要讓祖先留下來的飛魚季文化，能讓年輕人看到並加以學習。

　　該船組釣到的三條大鮪魚，理所當然是由釣夫自行處理，剩下的一條則由先順不老船員揮刀處理。

殺這種魚的時候，使用的刀子是配刀（pazazoway），不可以用一般的殺魚刀，更不能用男人魚刀（ngangare）。在飛魚季期間，族人有明確的用刀方式。鮪魚是族人認定的女人魚，釣夫剖開時，魚尾部分要保留二十公分長，以便將尾巴完整地切下來，方便吊掛亮相，做為漁獲證明。而魚頭則不可以切成兩半，因為這魚頭要給釣到魚的漁夫享用，這些都是祖先傳下來的漁規。

「西多馬如哥，你不是年青力壯，怎麼不去殺魚呢？工作一直推給老船員，沒看到老船員拿著魚刀切得不準嗎？用五、六刀才能切開魚皮，魚肉割了很多刀，魚肉甚至都上下不齊，要怎麼曬？青年人去切開那大魚，就會很平順，而且很快就可以把大魚切成兩半！」頑皮青年船員看到老船員沒力量切開大魚，就對西多馬如哥說。

「小鬼！別人都已經穿好禮服，才來這裡欣賞大魚。沒看到殺魚的釣夫先阿拉芬身上穿禮服、戴手環、穿新丁字褲嗎？看你都沒回家換禮服，快回家穿禮服來吧。你不會餓嗎？你媽媽沒煮點心給你吃嗎？快回家去了。」西多馬如哥關心他說。

　　於是，頑皮青年船員趕快跑回家。

◇◇

　　「媽！我們回來了，我們釣到大魚了，是女人魚。船組的婦女都已經到祭主家了，每個人都穿上禮服，戴上珠鏈子。快去穿禮服，等一下我也要換新的丁字褲穿。」頑皮青年船員回到家後對媽媽說。

　　他媽媽看到兒子回來後，馬上把孩子的點心端到前室，好讓頑皮青年船員食用。等她工作做完後，就趕快穿上婦女禮服。這時，頑皮青年船員也換好了丁字褲進到屋內。他知道已經有點慢了，要趕快到祭主家做一些船組該做的事了。

　　「孩子（mokowa）！你的點心已經放在前室，慢慢吃，我先去祭主家那裡，否則恐怕會看不到大魚被切開的樣子。吃不吃魚肉對老人家來說已經沒什麼，看到大魚才是幸福的。」頑皮青年船員的媽媽對他說。

　　「謝謝媽媽！我吃完後會很快去祭主家，因船組工作多，需要我們年輕人來做。」頑皮青年船員說。

之後，婦女勤勞地去泉水處取淡水到祭主家去。

◇◇

「男青年船員都到了，趕快換人提水了，阿姨們都很辛苦地去拿水，而且她們的年紀都老了。」先多馬如哥老船員對幾位青年人說。

「阿姨！你休息吧，罐子拿來，我去提水。」頑皮青年船員對一位手拿空罐的婦女說。

頑皮青年船員拿到罐子後，就迅速地到泉水處提水。雖然部落內小路不好走，但年輕人的行動很快。才不到幾分鐘，頑皮青年船員雙手就已各提著一罐裝滿水的陶罐（pераranom）回來，其他的青年人也跟隨頑皮青年船員去泉水處提水來用。

在那個時代，處理飛魚及大魚都必須遵行飛魚季規則，清洗使用的水都要是泉水。裝水的工具是陶罐，罐內能裝的水不多。水用完了，又必須趕快再去提水，這樣才能洗淨魚肉。當時，婦女們來來回回，不知要去泉水處多少次。依據雅美族的飛魚文化，船組男女都可以擔任取用淡水的工作，但海水的使用，卻只有船組裡的男人才可以去提，女人是不可以加入這份工作的。

「賢弟！這一條比較小的鮪魚，下鍋煮（itopos）好不好？用梳條式（gagain）的切法，因為我們可以邀請部落裡的親戚朋友來分享。在這個時候，船組釣到的大魚都可以讓人分享這漁獲。」西卡多弗兒祭主對正在殺魚的先阿拉芬說。

先阿拉芬聽到後，就用不同的切法來切開那條被指定的鮪魚，然後再切成小塊形狀的魚肉。至於最大條的鮪魚，先阿拉芬則是使用祖先傳下來的正統切法（otapen）。這種切法是切兩道後，就切斷成一大塊魚肉，這就是族人所說的 niotap。第三大魚由西多襄釣夫處理，他同樣用正統切法來切這條魚。切好的魚塊放在木框（palamowamongan）內，然後由婦女用繩子綁起來。這時，該船組的少女西巴其安和西曼莉芬等也到現場幫忙做事，做些提水、綁魚肉等工作。

　　「姪兒！把綁好的大魚肉弄成一捆一捆的，然後吊掛（popaon）在魚架上。」先多馬如哥船員對頑皮青年船員說。

　　他聽到後，把綁好的大魚肉片，以十塊魚片一把捆綁在一起，然後掛在魚架上。

雅美族的飛魚文化規定像這樣的船組工作，只有男人才可以做，女人是不可以做的。沒有參加捕魚的男性船員，也不可以將大魚肉掛在魚架上。不遵守這些漁規，會被認為是破壞帶來幸福的運氣，而招來壞運。

　　這三條大魚處理完之後，男性船員都離開了現場，只有婦女們在那兒清洗殺魚木板（pananaingan）及木框（palamowamongan）。這兩樣工具只能在飛魚季使用，不會出現在其他慶典活動中。

　　依飛魚文化規定，這些大塊魚肉會先被放在煮大魚的灶子（panzazanegan）上，由先順不老船員負責把這些大塊魚肉放入鍋

中煮食。他預備了兩個煮鮪魚肉的灶子，生火也是由他自己一個人做。其他老船員跟著幫忙加火，讓魚肉很快煮熟。由於先順不自願去擔任煮大魚的工作，所以他必須一直加火，不能離開火邊。在船組中，這份工作是很重要的。如果冒出泡沫，負責煮魚的船員必須要行祭祝福，而不是無言地看著泡沫噴出，所以這份工作是年輕人無法勝任的。

之後，該船組的婦女們會各自從自己的家裡帶一盆地瓜或芋頭來祭主家，準備配魚肉吃。船組家庭都生產不同的農作物，有的家庭芋頭多，有的家裡都是地瓜，也有山芋和山藥等作物。不論家裡生產什麼作物，都可以用來配所獲得的魚一起食用。船組都會依據祖先的規定，不會去偷別人種的作物當作飛魚季的配食。

在還沒有食用大魚肉之前，該船組人員無論是男女老幼都要集中在祭主家。有的坐在涼台，有的坐在廣場，等待主人的吩咐。部落裡別的船組看到他們有好的漁獲，都很羨慕，因為這在雅美族社會裡，代表擁有幸福的人生，而幸福的人生更是迎來好運的象徵。

「請你們將放魚湯的陶碗（vahanga）和木盤（amongan）拿進來，我已經拿掉了鍋蓋，讓魚肉涼很久了。」先順不從屋室出來對坐在外面的船員們說。

「姪兒們！你們快去把魚架上的木盤食具放到屋內，還有每一戶使用的陶碗，以方便在屋內工作的船員。」祭主西卡多弗兒對青年船員們說。

那幾位青年人聽到主人的吩咐後，立刻取下魚架上木盤食具，其他人進屋內拿出陶碗。「在屋內拿出陶碗的人要注意喔！不可以不小心把陶碗掉在地上，如果破掉了會產生不吉利的。」先多馬如哥船員看見頑皮青年船員也在內，對進屋的青年人說。

　　「叔叔！你該休息了，先到外面乘涼吧！我來做倒魚湯的工作。」頑皮青年船員進屋後，見到先順不老船員滿身汗水滴滴流下，對他說。

　　「小鬼！你有倒魚湯的經驗嗎？不要把這工作當作兒戲！鍋內的魚湯是十幾戶人家要享用的。這又是鮪魚湯，是上等的飲食。這麼熱的圓形大鍋，你曾經摸過嗎？萬一一個不小心，禁不起熱度加上重量，掉到地板上，整鍋的魚肉湯都不能吃了，那我們還有什麼魚肉吃呢？你放棄這個心願吧！」西多馬如哥對他說，他不信頑皮青年船員能勝任倒魚湯的工作。

　　「我是關心他老人家，你沒看到叔叔流了一身汗嗎？難道你沒有同情心嗎？說真的，我不是愛表現，灶子裡有兩個大鍋子，應該可以換別人幫忙做吧？」頑皮青年船員真心地說。

　　「你說的話，我都很明白，問題是在預防萬一。你確實還沒有經驗可以做倒魚湯的工作，如果真的讓你提起一大鍋魚肉湯，一不小心摔在地板上。我們吃不到魚肉還無所謂，最重要的是會完全破壞這年內的好運，而且必定會招來厄運。這可不像上次觸礁，船員只是被海膽刺傷。魚湯若是翻了，禍害可不是那麼輕的。如果因此招來海中翻船的災難，你會回到岸上來嗎？十人大船漂流他鄉，你只能去當奴工

了。」西多馬如哥告誡頑皮青年船員，要他知道不聽老人言，吃虧在眼前。

「那我們要怎麼幫忙他？」頑皮青年船員說。

「我們就待在他旁邊注意看，他每倒滿一碗魚湯，我們就很快地把它移開放到前室，一直到倒滿十幾碗為止。移碗時也要小心，碗內的魚湯很熱，要確定不能有差錯，聽懂了嗎？」西多馬如哥說。

「我明白了，我會做到的。」頑皮青年船員說。

先順不老船員移動到灶前，搬起一大鍋魚肉湯，然後倒進一個一個的大碗中，把所有的大碗都裝滿湯。

「把裝滿魚湯的陶碗，搬去前室放涼，以便順口好用。」先曼莉芬對在旁的青年人說。

青年人聽到後，依禮俗在進屋工作前先脫掉身上穿的禮服交給家人，只穿丁字褲進屋內把裝滿魚湯的碗搬到前室去。

「姪兒們！快拿木盤過來，我要把魚肉倒出來。」屋內的先曼莉芬繼續對青年人說。

被邀請來分享魚肉的部落親朋好友也都齊聚在祭主家，由捕魚夫先曼莉芬做分配魚肉的工作。接著，除了女人與沒出海參加捕魚的船

員外，青年船員們圍著點心食用，幾位老船員也加入分享。

 雅美族人請客，不只會邀請大人，一家男女老幼都會邀來分享。除了享受魚肉之外，最重要的是分享幸福與快樂。不過，女人不可以在祭主家與其他人一起分食點心。而沒出海參加捕魚的船員也不能吃，這是飛魚季的規定。分配大魚肉並不是任何人都可以擔任，這樣的人要具備一定的身份與道德觀，年輕船員更沒有資格分配大魚肉。

「每家的木盤請放在這裡，好讓我分配魚肉吧！」先曼莉芬捕魚夫說。

船員們隨即把自己的木盤放在屋內分魚肉的地方，然後離開到前室坐著等。頑皮青年船員為了想要了解魚肉分配過程，探頭往屋內看分配魚肉的捕魚夫。

先曼莉芬分配魚肉時，會按照傳統觀念來分。家庭人口多的，多放幾塊魚肉。大魚頭分給釣魚夫，所以先阿拉芬分得兩個大魚頭，西多襄釣夫分到一個大魚頭。先曼莉芬先分給大家魚肉，接著分魚骨部份。該船組有十幾戶家庭，每一盤魚肉都是裝得滿滿的。

在先曼莉芬分配魚肉時，先阿拉芬就在魚肉中選出 vavagiyatan no among 和 obonotaoz 這些可以作為船員點心的魚肉（cimilenna）。依照習俗，這兩個部份的魚肉不可以配著地瓜和芋頭吃。

「姪兒們！過來吃點心，大家都很累了。」先阿拉芬切好點心後，

順手拿起一塊丟在嘴巴時說。

「分好了！各位船員來拿你們的魚肉了。」先曼莉芬分配完魚肉
後說。

船員各自拿著裝滿魚肉的木盤，選擇一個可以坐的地方坐下。各
個船員家庭所邀請的親朋好友，都與船員坐在一起，由船員再依所邀
親戚朋友的人數來分配魚肉。頑皮青年船員只邀請兩個人，一個叔叔
和一個阿姨，所以分到的魚肉很多，都吃不完。

「太太！一個魚頭送給賢哥先曼莉芬捕魚夫好嗎？」先阿拉芬說。

「可以啊，我以為魚頭和魚肉都是一起分的。去海中釣魚又不是只有你一個人，是大家一起在船上捕魚的。」西南阿拉芬對先生說。

之後，先阿拉芬就把一個魚頭放在木盤內，然後送給捕魚夫說：「賢哥！送你們一個魚頭一起分享吧！大家都辛苦了。」

「謝謝！還有另一位大哥先多馬如哥，你應該也要給他吧！」先曼莉芬前妻西南曼莉芬搶先說。

「這次我們出海捕魚，賢哥（先曼莉芬）很辛苦的，只有賢哥負責捕飛魚的工作，而我們一直坐在船內。大魚上鉤後，魚快到船邊時，也是賢哥用雙手把大魚提起來放入船內。他是最辛苦的，我當然要把一個大魚頭分給賢哥，我是刻意這麼做的。」先阿拉芬把心裡的話說出來，讓西南曼莉芬知道十人大船在海上作業的細節。

西多襄釣夫拿到自己的那一份魚肉後，就分配給親朋好友。他也得到一個大魚頭，他先祝賀這個魚頭，然後分給太太西南俄那恩吃。

「朋友！謝謝你讓我們享用這些魚肉。」一位西多襄的朋友說。

「唉，朋友！這魚肉你又不是沒吃過，也不是每天都可以請你們。」西多襄對朋友說。

西南俄那恩先是默默地在一邊吃魚頭肉，然後把魚頭還給先生。「妳怎麼還我魚頭，不吃了嗎？」西多襄問太太說。

　　「我已經吃了一半的魚肉，再吃就要吐了。魚頭太油了（avot no matana），從嘴巴到胃裡都是魚油（脂肪），我再也吃不下東西了。」西南俄那恩對先生說。

　　「朋友！妳說的對。我也曾經吃過大魚頭，沒辦法吃完魚頭的兩塊肉，因為皮跟肉都油油的，尤其是魚眼（avotnomatana）的脂肪太多了，最後我也把魚頭送給先生吃了。」西多襄朋友的太太說。

　　「那我就毫不保留地把魚頭吃完了，太太！」西多襄說。

　男人釣到大魚，魚頭會分給自己的太太享用。這種人類感情體現雅美族的夫妻情花果，是祖先設定的優秀美德。先生僅吃頭部的一塊魚肉，然後給太太享用。同樣的，太太也沒吃多少魚頭肉，就又還給先生吃。鮪魚的頭部全都是厚厚的脂肪肉，女人僅吃一點點就夠滿足了。吃太多會反胃，反而對自己不利。此外，先阿拉芬送給先曼莉芬大魚頭，同樣也是一種優秀美德。

　　頑皮青年船員的魚肉僅母子二人吃，邀來的朋友也只有叔叔夫妻倆人。他把魚肉分成兩盤，一盤是他和母親食用，另一盤是他叔叔夫妻二人吃。他們以地瓜和芋頭等食物來配魚肉吃，很快就飽了。他們再怎麼吃，還是吃不完那麼多魚肉。

　　「叔叔！這是你跟阿姨吃的魚肉。」頑皮青年船員送一盆魚肉給他叔叔。

「姪兒，謝謝你！」他叔叔接到魚肉時說。

「叔叔！喝的魚湯在這裡，你有小陶碗（pamamavan）嗎？如果有請拿過來，我幫你裝滿魚湯。」頑皮青年船員說。

「有的，我知道姪兒家是沒有這種小碗的。」他叔叔說。

之後，他叔叔就拿小碗給頑皮青年船員，小碗裝滿魚湯後又遞給叔叔。頑皮青年船員說：「喝完了這魚湯，不要客氣，再拿來裝。我用的是家裡的大碗，我和媽媽喝不了多少。」

「姪兒！像我們這樣年紀的老人家，只要湯類（asoi）就可以填飽肚子，而老人是不會吃太多肉類食物的。這種知識是從祖先傳下來的，年輕時，我不相信這句話，人老之後，才有這種感覺，所以祖先的這句話不是亂講的。這樣說是要讓你了解祖先說的話不是假話，而是真實的。」頑皮青年船員的叔叔用雅美族的社會知識教育自己的姪兒。

船組船員及邀請來的親朋好友，大家都陸續吃飽了。由於屋內悶熱不通風，大家一個個走出去外面透氣。在屋內喝熱魚湯，汗水不流到地板上才怪。先走出去外面的人，就到涼亭乘涼。涼亭坐滿了，其他人就坐在廣場（inaoro）上的石頭椅上休息。

「朋友！我看這條鮪魚的尾巴很大，以前看過的魚沒幾條比這條魚還大，我們還沒釣過像這樣大的鮪魚。」西多襄的一位老人朋友看

著吊掛的魚尾說。

　　「我們釣到的鮪魚中，最大一條是由先阿拉芬釣到的，第二大的也是他釣到的。朋友！我釣到的這條是最小的。這要看釣夫的運氣，朋友，你也很明白吧！雖然釣夫都是一樣地行祭，差別在運氣好不好。」西多襄回應他朋友的話。

　　「最大的這條鮪魚一定要四個人以上才能搬到部落來，否則大魚的三分之一會拖在地上。」西多襄的朋友說。

　　「朋友！你說得對。魚實在太重了，最大的那條魚是由四個人扛回祭主家的。我釣到的那條魚體型比較小一點，由三個人搬回祭主家，二個人扛著，一個人提起尾巴。」西多襄對朋友說。

　　「朋友！你們的運氣是好的，釣到的魚都是鮪魚，而且也都很大條。其他船組很少碰到這種運氣，我們也還沒有碰過這種好運。」西多襄的朋友說。

　　「朋友！每年行祭的運氣都不相同，並不是每一年的飛魚季，船組都會得到好運的。朋友！我想，你也很了解。要部落裡每個船組都有好運，是不可能的。」西多襄對老人朋友說。

　　「朋友！不要久坐在這裡，家務事還很多，可以先回家。但是不要忘掉，中午過後再回來這裡吃乾魚肉。」西多襄繼續對老朋友說。

被邀請的親朋好友都已經坐了很久，之後他們就一個一個的離開祭主家，回到自己家去。但有幾位還留在那裡閒聊飛魚季的文化，有的談自己在十人大船捕魚的故事，尤其是捕魚夫和釣夫的故事是很多的。

「堂弟！今年你們船組的運氣可以說是最好的，證明就在眼前。你們釣到的大魚不但都是鮪魚，而且都還是大條的，這是船組很少碰到的好運氣。我們是有釣到鮪魚，但是四條都是小小的，所以當時沒請堂弟來吃鮪魚肉，因為我們自己都不夠吃。你們真是好運（apiya so ngilin）啊！」先曼莉芬的堂哥對他說。

「堂哥！你還不知道我們的遭遇嗎？我們上次觸礁了一次，還好那一夜風平浪靜，大船沒有被大浪打壞。不過，我們每一位船員都被礁石上的海膽刺傷了腳，讓我們十位船員都像跛子一拐一拐地走路回家。堂哥，你還不知道我們這船組的遭遇嗎？」先曼莉芬告訴堂哥船組遭遇的經過。

「你們真的發生觸礁的事情嗎？我並不知道。如果是這樣的話，你們是不是有做避邪的動作？祖先傳下來的漁業格言說，十人大船在海上作業遇難，不論是海中翻船或海岸觸礁，船組都要殺豬避邪，以迎來好運，這是務必要遵行的漁規。」先曼莉芬的堂哥知道避邪是要確保安定幸福。

「堂哥！我們有做避邪的動作。可是招來觸礁災難的弟弟，殺的是小豬。我覺得對迎來平安的努力還不夠。好了！堂哥你已經坐很久

了，可以先回家了！但不要忘掉，中午後你們一家人還要來吃午餐魚肉，可能到時會分到比較多的魚肉。」先曼莉芬對堂哥說。

◇◇◇◇◇◇◇◇◇◇◇◇◇◇◇◇◇◇◇◇◇◇◇◇◇◇◇◇◇◇◇◇

　　先曼莉芬的堂哥聽到先曼莉芬所說的話，就回家去了。知道中午還要去享用魚肉，心想我要告訴太太去芋頭田挖好芋頭來配好魚肉吃。他到家時便對太太說：「太太！中午我們還要去堂弟船組的祭主家吃魚肉，所以請你去挖比較好的芋頭來配魚肉吃。也請儘快回來，讓芋頭煮熟好食用。」

　　「好的，我會儘快回來。」他太太說。

◇◇◇◇◇◇◇◇◇◇◇◇◇◇◇◇◇◇◇◇◇◇◇◇◇◇◇◇◇◇◇◇

　　「婦女們！你們可以開始醃魚肉的工作了。」祭主西卡多弗兒對正在廣場休息的婦女說。

　　「叔叔！我們要先回家拿鹽巴，只用祭主家的鹽巴是不夠的。」年輕婦女對西卡多弗兒說。

　　「好的，你們快回家去拿鹽巴來醃魚肉吧！」西卡多弗兒說。

　　船員的婦女們各自回家拿鹽巴，然後聚集在祭主家工作的地方，等其他的婦女到齊。

「有出海捕魚的男人，你們快把吊掛的魚肉拿下來吧！頑皮鬼！快去把魚架上的魚肉拿下來，放在木框內。好讓我們的美女媽媽們工作。是的！你（頑皮青年船員）在看天空什麼東西啊？那裡又沒有你的女朋友在對你微笑。」西多馬如哥用浪漫的語氣說。

「你也有在看天空啊！我有看到你一直注視著東方的天空，你以為那裡的仙女會嫁給你嗎？在部落內沒有女孩喜歡你，不要說是有女朋友啦。喂！你是五官正常的男人，你哪裡讓女人不喜歡你呢？長這麼老了還娶不到老婆！」頑皮青年船員以調侃的口吻對西多馬如哥說。

依據雅美族的飛魚季文化與船組社會規範，魚肉吊掛在魚架上，女人是不可以把它拿下來的，沒有出海捕魚的船員也不可以把魚拿下來。這種漁規是祖先傳下來的，用意是在維持幸福好運的漁業。

「只有出海捕魚的人才可以把婦女醃好的魚肉曬在魚架上，快去曬吧！」先順不看到婦女們已經醃好很多魚肉時說。

頑皮青年船員及其他青年人聽到後，就把醃好的魚肉拿去魚架上排好，進行日曬。整個魚架上都吊滿了魚肉。尤其是最大條的鮪魚，肉片也是切成大塊的。

船組船員的手上是離不開手環（pacinoken）的，這個飾品是迎福的象徵，戴上它，無論男女都可以秀出一種福氣。

「頑皮鬼！你穿的禮服是老舊的，顏色已經退掉了。你的丁字褲也是一樣，你家沒有新的禮服嗎？你穿上這樣老舊的禮服，就像老人的樣子。女孩看你這麼老人化，是不會喜歡你的。你又頑皮，誰要跟你做朋友啊？」西多馬如哥說。

「我家沒有新的禮服可以穿，我媽媽年紀大了，沒有能力再織布。我家又有很多蟑螂會咬破禮服。西多馬如哥，你家有蟑螂藥嗎？送給我一點來殺蟑螂好嗎？我穿的禮服是以前父親穿過的，很老舊，不適合穿在身上。因為現在是迎福的日子，不穿禮服是不行的！」頑皮青年船員實說家裡情形，讓西多馬如哥明白。

「姪兒！等一下把五個木槳放回大船的槳架上。放好後，不要忘了中午來祭主家時，再帶幾根木柴煮魚肉，注意不可以帶禁忌使用的木柴，我們要丟掉飛魚季不能煮的魚類。」西多襄老船員對西俄那恩說。

「我們青年人都要去海邊船上放好木槳。」西多馬如哥說。

之後，幾位青年船員各拿一個木槳到海邊大船，將木槳放回原來的位置。他們在海邊的工作，不是只把木槳放好，還要把所有槳架綁緊。漏水的船板也要用備用的木棉花塞好，使船板裂縫不再漏水。工作完成後，他們又回到祭主家。

「頑皮青年船員，你還有剩餘的魚肉可以吃嗎？」西俄那恩說。

「剩下的魚肉還很多，我和媽媽都吃不完。我只有請叔叔夫妻兩人幫忙吃。給他們的也吃不完，還剩很多呢！到祭主家一起吃吧！很可能我們這幾個青年人也吃不完。我吃了三大塊魚肉就夠滿足了，不想再吃了，又要喝魚湯，很快就填飽肚子了。快點走吧！」頑皮青年船員回答說。

「雖然我們的魚肉有兩份之多，兩大盤滿滿的，但是叔叔（西多襄）請了十幾戶人家來，分一分，每戶僅得到一點點魚肉。魚湯又不夠喝，人多嘛！好的！我們一定會把你們吃不完的魚肉解決，等一下就要煮中午食用的魚肉了。」西俄那恩說。

幾位青年人到了祭主家後，頑皮青年船員就拿出沒吃完的魚肉放在前室，然後叫夥伴青年進屋內吃，魚湯也一樣搬出來給大家喝。

「頑皮鬼！你知道自己魚肉分得多，為什麼不分一點給家族人口多的船員和請了很多親朋好友的老船員呢？你連分享食物的知識都沒有，我教你，有沒有給我教育費？」西多馬如哥一坐到前室，看著一大盤的魚肉，帶著傲氣笑著說。

「我在屋裡面，屋內坐著很多吃魚肉的人，沒辦法走動，看不到誰家吃的魚肉比較少。你才笨！大家（青年人）都很辛苦，我才請夥伴來享受一點魚肉啊！看你能吃多少魚肉，盡量吃吧！因為我們運氣好才有這麼豐富的魚肉可以吃，又不是經常有這種福份。我也教育你，給我教育費啊！」頑皮青年船員聰明地回應西多馬如哥。

「來！吃吧！我先吃了。你們兩個太囉嗦了，先把魚肉吃完再說。」西俄那恩拿魚肉時說。

接著，他們幾個青年人把一大盤魚肉全都吃光，連魚湯也喝完了，變成胖嘟嘟的青年漁夫。出去外面兜風時，快爬不上石梯了。

「你們幾個青年人吃了什麼東西？變得這麼胖的樣子。你們剛從屋內出來，是不是偷吃了別人留下來的魚肉？這樣晚上你們要怎麼上船捕飛魚呢？肚子胖嘟嘟的，怎樣划船啊！快去上廁所吧！」先順不抱著幾根木柴從家裡過來，到達祭主家時，剛好看到這幾位青年從屋內爬上石梯到涼台休息，對他們說。

「叔叔！才沒有偷吃別人留下來的魚肉，是頑皮青年船員他們沒吃完的魚肉給我們吃，才讓我們變成胖胖的帥哥。叔叔！今晚還要出海捕魚嗎？中午的魚肉都還吃不完，還要去捕魚嗎？叫我們怎麼划船呢？」西俄那恩搶先回應說。

「問題是好運來到我們的船組，就要出海捕魚，也就是讓我們船組可以在這一年內得到幸福、喜樂的人生，所以今晚還是要出海捕魚。」先順不老船員說。

「我們快回家去拿木柴來，中午煮魚肉要用。要不然一直坐在這裡，又要被老人家譏笑了。」西多馬如哥說。

之後，這幾個吃得胖嘟嘟的青年船員就回家去。頑皮青年船員到

家後，就從木柴堆裡隨便撿了一把，也不管這些是什麼木柴，然後回到祭主家去。到達祭主家時，先順不老船員坐在靠背石前，看到頑皮青年船員手抱一把木柴，微笑地對他說：「那木柴放在這裡曬乾，這樣比較好燒。」

頑皮青年船員聽到後，就將木柴散開在地上曬乾。在旁邊的先順不老船員一看到這裡面的木柴，有很多是不可以在飛魚季用的，便說：「姪兒，這些木柴多數都不能在飛魚季使用。我看了只有兩根可以用，其他的木柴拿回去給你媽媽煮飯用。」先順不說。

頑皮青年船員只留下兩根木柴，其他的都抱回家去了。他在路上自言自語地說：「樹種哪還有什麼區別，木柴哪有不可以煮魚的？這可能是船組的迷信吧！本來很高興地送這些木柴去煮大魚，可是只有兩根木柴可以用，讓我垂頭喪氣。」

◇◇

「爸爸！你怎麼會分到大魚的頭？這大魚又不是你釣到的，不是釣到大魚的人才能享用魚頭嗎？」西曼莉芬不明白爸爸怎麼可能得到魚頭。

「孩子！這樣的感恩心情，妳們女人是不會明白的，只有男人才了解。因為男人是一起在海上捕魚，很明白每位漁夫的角色。孩子！我告訴妳，也讓妳明白感恩心情的由來。當釣夫叔叔正在拉上鉤的大魚時，便對我說：『賢哥！你要注意一下，大魚已經在船邊了。』這

時，我聽到後便去摸魚線，發現上鉤的大魚距離船邊只有五公分了。這時，我就站起來把大魚提起來送進船內。想想這一幕，這種撈魚任務不是每一位船員都能達成的。這就是釣夫心裡的感恩，所以送魚頭給我們。」先曼莉芬述說當時十人大船夜釣的作業情形給孩子了解。

「爸爸！我知道了。原來你在十人大船是最辛苦的，謝謝爸爸讓我們很快樂地吃大魚肉。」西曼莉芬對父親說。

雅美族十人大船在夜晚船釣大魚時，如果釣夫釣到的是小魚，他一個人就可以把魚提起來放入船內。而很大的魚上鉤時，則需要兩個人或三個人幫忙提起來，才能把大魚拉進船內。雅美漁夫有一句格言說：「如你是漁夫，但是你不能摸魚線，因為你不配得到大魚的身份。」例如你摸了正在拉魚的釣夫魚線，那上鉤的大魚一定會逃掉的。

之後，該船組船員齊聚在祭主家的場地準備煮中午的魚肉（manazaneg）。先順不老船員教導青年人說：「你們青年人去海邊取海水及淡水來煮魚肉的配料，要自動自發，不要一定要老人叫一聲才去，我們老人家負責屋內煮魚肉的工作。」

「頑皮青年船員！你去海邊提海水，我去泉水處拿淡水。」西多馬如哥對頑皮青年船員說。

之後，這兩位青年人各拿了一個裝水的陶罐去不同的地方，先多馬如哥和先順不兩人也主動進屋內整理即將煮大魚的灶子。

「叔叔！這海水配料要放在哪裡？」頑皮青年船員對坐在石椅旁的西多襄說。

　　「姪兒！放在前室右邊那裡。注意，不可以放在左邊喔！會不能用。」西多襄說。

　　「叔叔！我知道了。這海水只給男人使用，女人不可以拿來煮其他食物的配料。」頑皮青年船員回應說。

　　「各位船員，大家都到齊了嗎？如果到齊了，你們可以把魚架上的魚肉拿下來做分配工作。」祭主西卡多弗兒說。

　　「叔叔！還有一位沒到，就是先阿拉芬釣夫，還要等他才可以把魚架上的魚肉拿下來嗎？」西俄那恩說。

　　「當然要等他來，才可以做分配工作。因為分配工作要所有船員過目。」西卡多弗兒回應說。

　　「叔叔（西卡多弗兒）！釣夫先阿拉芬已經到了，我們可以把魚肉拿下來了嗎？你也可以出來到廣場，大家可以分配魚肉了。」頑皮青年船員進去屋內對祭主說。

　　祭主聽到後，就到廣場去。青年人看到船員們都到齊了，就主動地拿下魚肉，放在地上的芭蕉布（ipanakang）上，廣場的地上放了一大堆的魚肉乾。

此時，釣夫先阿拉芬和西多襄兩人就開始進行分配魚肉乾的工作。其他的船員先幫忙將魚乾分成大塊和小塊兩類魚肉。釣夫先阿拉芬先將大塊魚肉分給十人船組船員，然後分配給兩戶後補船員，再加上三份預備用的魚肉乾。

雅美男人分配漁獲及魚肉乾等海中生物，不是用天秤來計算，而是根據食用人口的多寡來決定。特別的是，並不是誰釣起的魚就應該多分一點，而是由雅美人內心發出的愛心和關懷來進行分配，如此的社會制度是祖先傳承下來的優良精神文化。在一個船組的社會組織中，擔任分配食物工作的組員必須有源源的福份。如果由其中一個家庭進行奉獻的話，就由那家庭主人做分配工作。大魚是誰釣到的，就由誰來做分配魚肉的事。

釣夫先阿拉芬分配魚肉乾時，知道哪一個船員家的人口多，就多加一份給他，因為分配工作是按照人口數來作分配。西卡多弗兒雖然是祭主家主人（panlagan so vanay），但是他們只有夫妻倆，所以釣夫分配一般的份量給祭主夫妻。西多襄也做分魚肉的工作，他負責將一堆堆小塊的魚肉加到每個船員的大塊魚乾中。

「我們已經分好了，請各位船員拿你自己的份，比較多的是給家庭人口多的船員。拿到自己的那一份時，趕快綁成一捆，注意綁結要有記號，可以分辨出是自己的魚肉。」西多襄釣夫對船員們說。

「你快去拿魚肉來綁啊！靠近你面前的魚肉才可以拿，不可以伸手越過去拿別人的魚肉，聽我的話就是啦！」西多馬如哥對頑皮青年船員說。西多馬如哥深知雅美族人在飛魚季時，船組獲得的魚類、蚌類和魚肉等收穫，船員只能拿放在自己面前的那一份。

頑皮青年船員拿到自己的那份魚肉時，他並沒有綁起來，而是用手抓一把送給家裡人多的船員，並說：「這一點送給你們吃，因為我的份只有媽媽和我吃。我也只請叔叔夫妻倆，魚肉會吃不完，丟掉了很可惜。」他送完後，才開始把自己所剩的魚肉再分成四份，然後用繩子一份一份地綁起來。

「綁好自己魚肉的人，可以送進來下鍋煮了，盡量快一點。」先順不負責煮魚肉工作，對外面廣場上綁魚的船員們說。

西俄那恩提著一盤魚肉送進屋內給先順不老船員，先順不將一捆一捆的魚肉送進鍋子嘴巴，讓它嚥下肚裡。這一鍋裝滿後，就蓋起來加大火煮。

「還有其他的魚肉，也趕快送進來煮。」西多馬如哥從屋內伸出頭對外面的船員說。

頑皮青年船員主動收集船員綁好的魚肉放在盤內，裝滿了就送進屋內給西多馬如哥。「叔叔！這裡有一盤魚肉，拿去送給鍋子吃吧！」西多馬如哥交給先順不這一盤魚肉，送進鍋子裡加大火煮。

◇◇

頑皮青年船員的叔叔看到他太太在削芋頭皮，整盆都是大塊的芋頭，便說：「太太！你怎麼可以挖這麼大塊的芋頭來配魚肉呢？又不是姪兒的殺豬慶典，這樣不太對吧！」

「唉，先生！你的社會知識還不夠，你可要明白，姪兒他們船組釣到的魚是大條鮪魚，是族人視為最上等的魚類，也是男女老幼都可以食用的魚。這樣的上等魚類，難道不能用大芋頭來配合食用嗎？族人這種優美的文化，你都不懂！雖然你老了，你還是要多學學民族文化來充實自己的知識吧！」頑皮青年船員的阿姨對先生說出有智慧的話。

◇◇◇◇◇◇◇◇◇◇◇◇◇◇◇◇◇◇◇◇◇◇◇◇◇◇◇◇◇◇◇◇◇◇◇◇

在屋內加火煮魚肉的兩位老船員都無法離開火邊，室內又悶熱，所以身上都是汗水。不過，他們經歷的這種辛苦飛魚季生活不是只有這一次，而是年年如此。魚肉煮好後，他們把火埤拉出，讓鍋子受涼，這樣比較容易倒出魚湯。

「請你們把碗和盤子拿進來，準備倒魚湯了。」先順不一身汗水地到外面對船員們說。

青年人隨即送去大型陶碗和木盤來盛魚肉和魚湯，十多個陶碗全部排好在屋內，以方便倒湯的工作。青年人做完這工作後，就出去外面等待下一個工作的吩咐。

以前雅美人的住屋，右側（sahey）是專門煮飛魚季魚類的地方。屋內是一片黑暗，沒有經歷過這種環境的人，不具備各種所需知識，是無法勝任飛魚季煮魚的工作。負責這項工作的船員若一不小心沒對準湯碗，把熱湯倒在外邊，熱湯不燙傷腳才怪。不但如此，喝的魚湯也會倒在地板上，這樣十幾戶船組人員哪還有魚湯喝。另外，雅美人飛魚季規則中，陶罐端上灶子，絕不可以將鍋子的口部蓋住，以免招來不吉利與壞運氣，在飛魚文化中這是很重要的漁規。

163

之後，先曼莉芬捕魚夫主動去擔任屋內倒魚湯的工作。他一進到屋內，先把大碗放在一起，很輕鬆地就把高溫的魚湯倒進碗內。他屋內的工作技巧很好，不同的人做這件事，所發揮的智慧也有所不同。

「媽媽！叔叔他們來了嗎？大魚肉已經煮好了，正在倒魚湯，待會就要選擇自己的那份魚肉了。」頑皮青年船員對媽媽說，他擔心叔叔很晚才會來祭主家吃魚肉。

「早就來了，叔叔不是在涼台和其他人聊天嗎？」頑皮青年船員的媽媽回應說。

「外面的船員們！魚湯倒好了，請你們去屋內領取自己的魚湯放涼。」先曼莉芬走到前室，伸出頭來對在外面乘涼的船員們說。船員們聽到後，便一個個進屋領取自己的大碗，然後放在自己選定的地方讓風吹涼。

「魚肉都倒出來了，你們（船員）可以在四大盤內，任選你自己綁著的魚肉丁。」先順不老船員說。

「提起大碗時要特別小心，湯碗如果跌碎在地板上，是不好的現象。屋內會有一片魚油味，容易讓人滑倒。」西多馬如哥吩咐在屋內工作的船員說。

「叔叔！我的大碗魚湯已經搬去前室乘涼了，在前室蒸煮魚肉時，灶子「呼呼」的像是生氣似地在冒煙呢！叔叔！燒油才會讓人滑倒

吧！魚油是不會讓人滑倒的！」頑皮青年船員說。

「西其牙上！邀請來的親朋好友都到了嗎？你去外面看看吧！我們要和親朋好友一起吃魚肉。」撐舵夫先法古法哥對孩子西其牙上說。

「爸爸！你請的親朋好友們只來了三個人，其他的都還在家裡煮飯吧！是不是要我去請他們趕快來祭主家吃魚肉呢？」西其牙上青年船員對父親說。

這時候，部落內被邀請的親朋好友陸陸續續來到祭主家。有的坐在廣場石頭上，有的坐在涼台上休息聊天。來的客人理所當然都是全副禮裝，帶著飾品，像是一場「身飾秀」！族人如此展現禮裝，是雅美族人迎福的象徵。這樣的禮裝文化，像人生花朵，由祖先代代相傳下來。

「媽媽！叫叔叔他們進屋內了，我已經安排好食用的魚肉了。」頑皮青年船員在屋內分配完魚肉後，大聲地對外面的母親說。

他媽媽聽到叫聲後，就帶著兩位夫妻親戚進屋內。親戚之一是頑皮青年船員的阿姨，她抱著一盆食物進入屋內，盆蓋子還沒打開，不知道是地瓜還是芋頭。頑皮青年船員知道叔叔和阿姨已經坐在地板上了，便解開綁著的魚肉。大捆的魚肉送給叔叔，並對叔叔說：「這是給叔叔、阿姨吃的魚肉，沒什麼，盡量享用它吧！」

「孩子！這麼一大捆鮪魚肉，我和阿姨怎麼吃得完，再怎麼吃也吃不完。孩子！當時你們分魚肉時，怎麼不送給人多的家庭，你應該知道你自己的那份魚肉是吃不完的。希望你多關心人多的家庭，建立良好的關係，這樣是好人的作風，聽從叔叔的話。」頑皮青年船員的叔叔說。

「叔叔！你講的話，我有做到。我的那一份差不多有一半都送給人口多的家戶，還有邀請了很多人的船員他們。」頑皮青年船員說。

「好了，用餐吧！魚肉冷了就不怎麼好吃了。」頑皮青年船員的媽媽說。

之後，頑皮青年船員的阿姨掀開盆子的蓋子，一看，全都是大塊的好芋頭。他阿姨把這些大塊芋頭放在他媽媽拿來的一盆飯裡，好順手取用。

「妹妹！這些芋頭是從哪裡來的？我很少見到你們取用這麼好的芋頭呢！」頑皮青年船員的媽媽對堂妹（頑皮青年船員的阿姨）說。

　　「姐姐！這些是先生在拓展泉水芋田時生產的芋頭，剛好今年成熟了。為了配合姪兒獲得大魚，所以挖了幾塊芋頭來。這是我和先生商量好的，也是迎福之禮。」頑皮青年船員的阿姨回應說。

　　之後，頑皮青年船員將自己的那份魚肉，再分成兩份。他分給媽媽一大塊魚肉，自己吃三分之一，他開始懂得敬老尊賢，表現出良善行為。否則，豈不是白活一生！

　　「媽媽！別人都已經吃魚肉了，我們怎麼還沒吃飯呢？叔叔和哥哥都到齊了，還要等誰呢？」西巴其安對媽媽說。

　　「孩子！我們請的親朋好友，還有一些人還沒來到這裡。客人還沒到齊前，是不可以先吃飯的。要等到他們到齊之後，叔叔才可以分配魚肉，然後大家一起吃。」西巴其安媽媽對她說，讓她了解做人的道理。

　　吃飯的地方是在傳統屋內，通風口只有前面的四個矮小的門而已。人在屋內喝熱魚湯，流出的汗水不輸於下一陣雨。吃飽的船員家人及客人陸陸續續去外面廣場兜風，他們一身汗水，滴滴留在地板上。

　　「各位親朋好友們，請進來吧！魚肉已經分配好了，我們是最後用餐的了。」西多襄釣夫對坐在外面的親朋好友說。

之後，在廣場上被邀請的親朋好友，很快地進到屋內。這位西多襄釣夫邀請的親戚和朋友很多，有二十幾位。雖然自己所分到的魚肉很多，船組船員們也都送給他一，兩份魚肉。但是邀請的人多，分一分也就沒有多少了。「各位親朋好友們，沒什麼好分享的，只是大家聯絡感情。有吃的東西跟大家一起分享是重要的，大家都很餓了，請用餐吧！」西多襄釣夫不好意思地說。

「賢弟！這樣的魚肉份量已經夠多了，再加上喝魚湯，不吃得飽飽的才怪。雅美人不喜歡胖嘟嘟的男人，這樣的男人要怎樣上船划水呢？」西多襄的大哥說。

「好朋友！魚肉嚥不下去了，有沒有潤滑喉嚨的東西可以喝，好把喉嚨裡的魚肉送去胃的運動場內。要不然，朋友會休克的呢！」一位西多襄的朋友頑皮地說。

「不會啦！喝魚湯吧！魚湯會把你口裡的魚肉直接送去胃的運動場內，只要一秒鐘就可抵達一百公尺外的終點！」另一個西多襄的好朋友回應著。

「喂！雅美人吃飯是不講話的，不然你們繼續說話，我來吃你們的份，讓我胖嘟嘟地回家，我不就佔了便宜了嗎？」一位西多襄的親戚說。

 雅美人吃飯時刻，絕不可以作聲說話。吃飽了，就出去外面休息。在吃飯時間說話的人，會被視為是沒有家教，人格低落的人。

吃飽後，被邀請來的親朋好友都回自己的家了，僅剩下船組船員及家人留在祭主家。

　　「對了！媽媽！我剛才吃的魚肉都還塞在喉嚨裡，沒有辦法嚥下去呢！我差一點就不能呼吸了，和早上吃的魚肉不一樣。」西巴其安對媽媽說。

　　「孩子！對啊，早上和中午的魚肉是有點不一樣。中午的魚肉因為曬過太陽比較乾一點，而早上的魚肉是直接下鍋煮，比較順口容易下嚥。中午的魚肉叫 manleden，吃了很難嚥下胃裡。吃鮪魚肉時，要小塊小塊的吃，不要把太大塊的魚肉塞進嘴巴裡，小塊的魚肉吃起來會比較順口。」西巴其安的媽媽對她說。

　　「頑皮青年船員！你不要忘掉下午時拿一小把乾蘆葦到船埠做火把喔！不是吃飽就沒事了，今晚我們還要下海捕飛魚。福氣不可以被破壞，我們和老船員已經約定好了。」西多馬如哥對頑皮青年船員說。

　　「我知道了，我會拿乾蘆葦去船埠的。」頑皮青年船員雖然這樣回答，但心裡卻想著：「今晚誰要和你們去捕飛魚啊！我都還沒睡呢！我今晚決定要和女朋友去約會。」

　　在天黑前，太陽快躲進山頭時，船員們陸陸續續地帶著一小把乾蘆葦去船埠，並剖開做成火把，頑皮青年船員也不例外地到船埠工作。他們將做好的乾蘆葦火把，以二到三把為單位，由每位船員扛到祭主家的工作房裡，然後各自回家休息。

　　黃昏後，頑皮青年船員對媽媽說：「媽媽！我要去祭主家了。」他媽媽沒有回答，只目送他出去。但是頑皮青年船員並沒去祭主家，而是去叔叔的工作房休息。他已經立下心意，決定要和女朋友約會。

◇◇◇

　　這時候，該船組的船員們陸陸續續來到祭主家集合，以準備下海捕飛魚。因為他們已經訂下這個幸福的約定，不可以破壞好運氣，所以一定要下海捕魚。

　　天色已經暗到看不見人的臉了（ji yaci-ka rana o moing no sao），頑皮青年船員也在此時離開叔叔的工作房去漁人部落見女朋友。

　　「各位船員們，大家都到齊了嗎？是否可以點火苗了？」捕魚夫先曼莉芬說。

　　西其牙上青年船員清點屋內船員人數，說：「只有那位頑皮青年船員還沒有來，其他船員都到齊了。」

　　「既然他還沒來祭主家，那我去找他吧。」西多馬如哥很感冒地說。

「如果找不到他，你要趕快回來，因為時間已經不早了。」先順不老船員說。

「叔叔！我知道了，找不到他，我會趕快回來。」西多馬如哥邊說邊走出祭主家。

西多馬如哥心想：「頑皮鬼，你竟敢破壞船組的福氣。先前就已經告訴你，今晚還要下海捕魚。」

「阿姨！賢弟他不在家嗎？我們只等他一個人，時間已經很晚了。」西多馬如哥進屋內對頑皮青年船員的媽媽說。

「孩子他已經出去了，太陽還沒落下海就去了，他去哪裡了呢？如果他回來，我會叫他趕快去你們那裡。」頑皮青年船員的媽媽說。

「好的！阿姨，我要回去了，其他船員都在等我。」西多馬如哥說。

船員們正在急著找頑皮青年船員時，他已經上路去漁人部落找女朋友了。

「叔叔！頑皮鬼船員不在家，他媽媽說他很早就去祭主家了。但是看不到他的人，到底去哪裡了呢？」西多馬如哥對屋內的先順不說。

「不要再等他了，時間已經太晚了，缺一個人沒關係，我要生火

點燃火苗了。」先曼莉芬捕魚夫覺得時間太晚了，決定不等頑皮青年船員。

先曼莉芬很快地加木柴點火，火苗迅速燃上。捕魚夫在屋內點火時，其他船員就立刻準備好該帶在身上的裝備，以便順利出發。火苗燃上火花後，捕魚夫隨即帶火把出去領路。其他老船員也跟著出去往海邊的路走下去，青年船員們則主動到工作房搬火把，每人扛三到四捆，也很快地跟著去海邊的船上。

「西多馬如哥！那火把要綁好，被海水打溼就不好用了。」先曼莉芬說。

西多馬如哥聽到先曼莉芬的叮嚀，就把火把綁好。同時也注意蘆葦的尾端，避免過尖的尾端傷到正在划船的船員。西多馬如哥綁好火把之後，捕魚夫先曼莉芬還檢查了一下火把的綁法，檢視有沒有符合他要求的標準。他滿意之後就發號命令說：「快推船吧！」全體船員聽到後，就開始將槳架搭在肩膀上，手提起木槳，雙腳使勁地踩砂石推船，口中喊叫著「itap」（用力之意）。

不到幾分鐘，十人大船就被推到灘頭上。這時，大家就暫停不再推船，因為船員們需要有一點空間時間去做排泄的動作。所有船員都一定要去方便，因為如果在海上作業時突然要方便，會招來不吉利與厄運。

「請你們拿掉那姪兒（頑皮青年船員）的木槳，放在後方的馬安

藤野地那裡」捕魚夫先曼莉芬說。

西俄那恩依先曼莉芬所言，把那支木槳架拿掉，然後放在後方的馬安藤邊。

先曼莉芬看到去方便的船員都回到船邊後，就依往常飛魚季時的作法，叫著說：「漁人部落在打架了。」捕魚夫使用這個暗示語的目的，是為了分散魔鬼的注意力，告訴魔鬼去別的地方看熱鬧，以趕走駐足在大船旁邊的鬼魂。

大家聽到後，就開始用力向前推船，衝灘頭。最先上船是位在船首的船員，之後是第二排兩個人。大船進入海面時，由他們三個船員用木槳穩住十人大船，才不會搖來搖去。還沒有上船的船員，繼續用力推著十人大船，讓大船繼續往前。這時刻是雅美族十人大船開往海洋作業的關鍵，如果十人大船衝向海面時不是很順利，族人祖先漁夫會說：「如此將招來厄運」。

這艘紅頭部落船組的十人大船是今夜最晚出海捕飛魚的大船，其他船組大船早就已經在漁場了。

十人大船船員在海中再怎麼作業就是得不到漁獲，就是一種厄運的象徵。發生厄運的原因有三種：一是魔鬼上船作梗；二是大浪沖翻大船；三是礁石頂翻大船。第一種厄運發生的現象，包括如惡魔上了大船，替代軟弱的船員，讓船員突然生病或腹瀉，或者撐舵夫被魔鬼代替了，把十人大船開往岸上礁石，使大船損壞不能再使用。第二種厄運是十人大船在灘頭衝浪時，被大浪打翻，兩邊的木槳都被打斷，這樣就不能划船去海上捕魚了。第三種厄運是已在港內航行的十人大船，突然碰上礁石，船板被刺破幾個大洞，海水就進來船內，這樣哪有可能再去海中作業。因為如此，漁夫們在衝灘時刻要特別小心。每個人要把所有的智慧都集中在這個關鍵時刻，這樣才稱得上是海洋漁夫之子。

此時，頑皮青年船員走小路，慢慢地前往漁人部落。夜裡非常黑暗，還好已經習慣走這樣的小路。頑皮青年船員到達漁人部落後，就前往一間工作房，這裡是該部落青少年聚會的地方。飛魚季還沒來臨前，頑皮青年船員經常在夜裡到這裡和他的女朋友相會。他到達那間工作房時，在門口外面一直站著，因為裡面有很多人，他不敢進去。

「你是誰啊！怎麼不進去裡面唱情歌呢？進來啊！裡面有很多人呢！。」一位女孩子對他說。

「對不起！我是紅頭部落的青年，我是來找我的女朋友，她名字叫西巴印。可以幫忙叫她出來一下嗎？我的名字叫西拉上，我在門口等她，不好意思！」頑皮青年船員說明他的來意。

「好的！我去找她，你不要離開這裡，免得她找不到你。」那位女孩子說。

「我不會離開的，我會等她。」頑皮青年船員說。

「西巴印！西巴印！有人在外面等妳，快去見他吧！」那位女孩子找到西巴印後對她說。

「他是誰啊？妳沒告訴我他是誰，到底是老人還是小孩，去見誰呢？朋友！可不可以告訴我那人的名字？」西巴印對她說。

「好啦！讓妳知道吧！他是紅頭部落的男人，不知道帥不帥？名字叫西拉上，快去吧，他在門外等妳好久啦！」那女孩對西巴印說。

西巴印就走到外面，當她走到頑皮青年船員的身邊時，對他說：「你怎麼來的？外面黑漆漆的，哪有月光照亮路呢？」

「我們好久沒相約了，懷念妳啊！所以看不到小路，也要來見妳

啊！情人嘛！」頑皮青年船員說。

「喔！想和我約會啊？你有見到月光嗎？在沒有月光照亮下跟女朋友約會，是有問題的男人！以前我們約會都有月光照亮我們，你怎麼突然想到在黑夜約會呢？」西巴印用懷疑的語氣說。

「好啦！我們到別的工作房去吧！」頑皮青年船員對她說。

他們隨即改去另一個工作房，頑皮青年船員的女朋友不進去裡面，只好坐在外面的石頭上。

「進去裡面坐吧！妳怎麼不進去呢？」頑皮青年船員說。

「我不是不坐到裡面，我有很多話想告訴你，你願不願意聽呢？」西巴印說。

「我怎麼會不願意聽，妳講吧！」頑皮青年船員說。

「我不是不想和你約會，你要明白現在還是飛魚季期間。媽媽對我說過，在飛魚季期間不可以和男人約會，犯規是會傷害生命的，這個禁忌你瞭不瞭解？」西巴印對他說。

「我有聽過，可是很久沒見到妳了，所以我才來的。」頑皮青年船員對她說。

「你還是回去吧，我不願意讓自己的生命受到傷害，你也一樣不要受到傷害。我媽媽曾經特別告訴我這個格言，否則，我們就......」。西巴印堅持不和頑皮青年船員約會。

「好啦！我也不願意生命受到傷害，我還年輕，那我走了。」頑皮青年船員對他女朋友說。

「這樣可以保佑我們兩個人的生命，對不起，慢走了。走上小路時要小心，沒月光照亮你回家的路，萬一跌倒可是不好受的。再見了！我要回同輩那裡去了。飛魚季結束後，再繼續我們的約會，別忘囉！」西巴印對坐在工作房前的頑皮青年船員說。

她說完話之後，還沒等頑皮青年船員回話，就離開現場回聚會所

工作房去了。

　　頑皮青年船員還有想說的話，可是女朋友已經離去，他只好嚥下一肚子的囗水，離開工作房回家。他到達紅頭部落後就到叔叔的工作房睡覺，因為已經兩天兩夜沒睡，也沒有休息，頑皮青年船員倒在木板上就睡著了。

◇◇

　　出海的十人大船並沒有捕到什麼好漁獲，船內只載了一條很大的男人魚—鯤魚（cilat）和兩條飛魚。

　　「賢哥！我們要不要等到天亮才回航？船內有條大男人魚。」先阿拉芬對撐舵夫說。

　　「船內的大魚是男人魚，如果有三條的話，可以等到天亮再回航，目前只有一條，不必等到天亮。」撐舵夫回應說。

　　「叔叔！撐舵要小心點，現在已經退潮了，自然港內的礁石都浮出水面了，小心別衝上礁石。」西多馬如哥青年船員轉頭看港內，看到礁石出現在眼前，所以提醒撐舵夫，怕老人看不清楚礁石的位置。

　　「好的！我會很注意前進的方向。」撐舵夫說。

　　他們順利登上祭灘（aharang）後，就把十人大船拖到原來的位

置上。

「別忘了那條大魚要用芭蕉布蓋好，上面放小石頭。」先順不對西俄那恩青年船員說。

西俄那恩聽到後，就用芭蕉布蓋住那條體型超大的鯧魚，然後用小塊石頭壓著。

雅美人的海洋文化常常是很特殊的，如十人大船在飛魚季中，若獲得飛魚和大魚，在船內蓋板上都要放上一兩塊石頭，這個標誌證明船組得到了祝福與幸福。回航登岸後，漁獲不可以直接帶回祭主家，一定要等到第二天天亮後，才可以把漁獲拿回家處理。同時，在飛魚季期間，當十人大船出海捕完魚歸航登岸時，一定要將船隻放回原來的位置，不可以侵佔其他船隻擺放的地方。因為若不如此，不同船組之間會發生衝突，在海邊發生打群架事件，那麼場面將會很難收拾，尤其是領祭主的那艘十人大船位置（makahaod），更不能侵佔，否則漁夫間必定會打群架。

由於雅美的飛魚文化對船組活動有很明確的規範，船組船員下船離開灘頭後，不可以直接回家，否則會破壞雅美的傳統海洋文化。因此，該船組船員直接走回祭主家集合，然後生火烤暖。他們快要解散回家時，祭主西卡多弗兒說：「請你們通知一下姪兒（頑皮青年船員）要來吃大魚，千萬別忘了要有團隊精神，我們才同屬於這個海洋團體。」

之後，他們就解散，船員們各自回家吃點心食物（tatngan）。

「太太！我們回來了，不過沒捕到什麼魚，只捕到兩條飛魚和一條超大的鯧魚，是給男人吃的。沒釣到像昨天那種鮪魚，運氣有點滑落了。」捕魚夫先曼莉芬到家後對太太說。

「沒關係，有魚就好了。唉呀！你們今晚還去捕魚，昨天的鮪魚肉大家都還留下一大盆吃不完，你們就又出海去了。很多鮪魚肉都要丟掉了，這樣的福份當然會失去。」他太太西南都拉上說。

「我是關心你們婦女，怕明天沒有魚肉可以吃。」先曼莉芬說。

「好啦！不要說了，快用點心吧，沒什麼好吃的東西煮給你吃。」西南都拉上說。

先曼莉芬換好丁字褲後，就開始用點心。他太太知道先生吃得不多，就適度地煮幾塊地瓜或芋頭來慰勞他。

◇◇◇

「姨媽！賢弟在家嗎？」西多馬如哥走到頑皮青年船員家的屋簷下對屋內說。

「你是誰？西拉上還沒回家呢！不知道他在哪裡。」頑皮青年船員的媽媽說。

「告訴他明天一定要來祭主家，我們今晚有釣到大的男人魚。叔

叔他們說一定要叫西拉上來吃大魚。」西多馬如哥按照老船員的吩咐說。

「好的！他回來後，我會告訴他要去祭主家工作。」頑皮青年船員的媽媽對西多馬如哥說。

◇◇

這夜，這船組的九位船員全都回到祭主家睡覺，此時時間已經接近天亮了。那幾位青年船員睡在前室，老人家船員則在屋內無法睡著。

「西多馬如哥！你有去叫頑皮青年船員明天來祭主家吃大魚嗎？」先順不問說。

「有的，他們家只有媽媽在，西拉上不在家，他媽媽也不知道他去哪裡睡覺。」西多馬如哥說。

因為船組釣到一條族人視之為男人魚的大魚，且天又快亮了，老人們無法閉眼睡覺，於是這些老船員們就開始唱古歌謠。

「天已經很亮了，西多馬如哥和西俄那恩，你們兩個青年人去海邊船內扛回那條大鯃魚，我們有一、兩個老人家也會去幫忙抬。」西多襄釣夫對他們說。

船組其他船員見天色已亮，紛紛離開祭主家，回到自己家裡，穿

上準備好的禮服和財寶等。因為要煮魚肉，每位船員少不了要帶一小把木柴到祭主家。那幾位青年船員主動去海邊幫忙，將大魚扛回祭主家。那條大魚是西多襄釣夫釣到的，所以他也去了海邊處理魚的內臟。

「來吧！我們幫忙叔叔（西多襄）把大魚搬下來，太重了，他一個人提不起來的。」西多馬如哥對其他青年船員說。

「叔叔！你釣這麼大的魚，搬都搬不動，我們要怎麼抬回家呢？」西其牙上說。

「飛魚季還沒結束，不要說對船組不利的話！我們還是需要福氣的。」西多襄告訴青年人雅美的漁規。

之後，他們慢慢地循著上坡的小路走回部落，扛漁獲走小路是非常困難的。扛著這條大魚的人，有三位青年人和兩位老船員，這麼多人才有足夠的力量把大魚扛回部落。他們到達祭主家時，已經有船組人員在等著。釣夫（西多襄）的太太已經穿上禮服，迎接先生釣來的福氣（大魚）。其他婦女也穿上禮服，但不如釣夫的太太那麼特別，一身從頭到腳都裝上飾環珠寶。

「賢哥！我們從來沒釣到過這麼大條的鯧魚，好大呢！」先順不對旁邊坐著的老船員先多馬如哥說。

「我也很久沒見過這麼大的鯧魚了。有船組釣過更大的鯧魚，是部落的 siradoto no ranom 船組所釣到的。他們扛魚時，把兩根木槳

都拉斷了，一共有七個船員抬這條大魚呢！」先多馬如哥說，他年輕時曾看過別的船組釣到大鯧魚。

「兒子，你回來啦！去哪裡了？黃昏時，有一位船員來找你去捕飛魚，但沒看到你，也不知道你在哪哩。沒找到你，他就回去了。那天你沒去祭主家嗎？」頑皮青年船員的媽媽問。

「媽媽，是這樣的！因為我已經兩天兩夜都沒睡覺，也沒有讓我有空閒的時間休息，所以我的身體很累，很想睡覺，於是我就在叔叔的工作房裡睡著了。一躺下去就爬不起來了，所以那天黃昏就沒去祭

主家了。媽！我換上衣服，吃一點地瓜後，就去祭主家。」頑皮青年船員對媽媽說。

頑皮青年船員隨後拿了一把木柴和男人食具（akolan）前往祭主家。

◇◇

到達祭主家後，看到老船員們正在處理一條超大鰍魚。不出一會兒，便說：「叔叔們、哥哥、弟弟，我因為非常勞累，又很想睡覺，身體禁不起連續熬兩天兩夜，所以就在我叔叔的工作房裡睡著了，到現在才睡醒回家，對你們真的很抱歉！」

「姪兒！我們老人家很同情你。我們知道你的生活狀況，父親已不在身邊，生活是非常辛苦的。如果你覺得自己的份（魚肉）吃不完，可以請親戚、朋友來吃。」祭主西卡多弗兒用關懷船組員的愛心說著。

之後，頑皮青年船員主動做一些工作。當他將綁好的魚肉掛在魚架時，西多馬如哥立刻說：「頑皮鬼！你不可以做掛魚肉的工作，因為你沒有出海捕魚，會破壞我們的好運氣。」

他聽到後，立刻把一捆綁好的魚肉放下，接著對西其牙上說：「賢弟！你把這捆要曬的魚肉掛到魚架上。」西其牙上聽到後，就把那捆魚肉掛在魚架上。

「各位船員們，請你們把使用的食具拿進屋內，魚肉已經煮好了，而且已經涼了。」先順不從屋內出來，對坐在外面的船員說。

大家聽到後，各自把食具送進屋內。先曼莉芬老船員主動去擔任倒魚湯的工作。他把各船員的裝湯碗排好，旁邊放著盛魚肉的大型木盤。雅美人把魚湯和魚肉的食用區分得很清楚，所以會使用不同的器皿裝不同的東西。

「各位船員，請領取你們的魚湯。食盤也順便拿進來，以便分配魚肉給大家。」先曼莉芬倒完魚湯後，對外面的其他船員說。

此時，西多襄釣夫也主動去屋內做分配魚肉的工作。釣夫主動去擔任分配魚肉的工作，顯現出船員間的彼此相愛。

「魚肉我都分配好了，請你們進來領取自己食用的魚肉。」西多襄釣夫說。

接著，大家就進屋領取自己的魚肉，頑皮青年船員也不例外去拿他的份（魚肉）。然後走到前室，再把自己的那份魚肉分成兩份，一份給自己吃，二份給叔叔吃。他分好後就請叔叔進屋說：「叔叔！這是你吃的魚肉。對不起，沒有給阿姨吃的魚。叔叔！別忘了中午還要再來這裡。」頑皮青年船員說。

「姪兒！謝謝你們，有魚肉給大家分享。」頑皮青年船員的叔叔回應著。

這船組邀請的親朋好友都是部落裡的人，沒有其他外部落的親戚和朋友。原因並不是不可以請他們來分享，而是部落與部落的距離很遠，要走很遠的路，很不方便。被邀請的親朋好友吃飽後，多數的人都各自回家了，有些人則留在祭主家與船員聊天。

　　「各位船員們！今天你們要上山砍樹，要有三根立在自己家的廣場上作為魚架，兩根是柱子，一根橫跨在柱子上。別忘了，魚架要用好樹，一般樹種是不可以用的，要砍的是 vinowa 和 avoios 這兩種樹，也是迎福樹。」祭主對船員們說。

「賢哥！我們是不是還要看領祭船組要不要率先舉行解組祭（mapisiyasiyay）。這樣，其他船組才可以跟著行解組祭。因為照祖先傳下來的飛魚祭法是要這樣的。否則，以後可能會招來不利的後果。」先順不語帶疑問地說。

「那當然，部落內領祭船組必須要先舉行解組祭，其他船組才能跟進。」祭主說。

「舉行解組祭的那天黃昏，船員們一定要到齊，回到祭主家，一個人都不能少。因為不論怎麼樣，晚上一定要出海捕魚。第二天，我們的船組就會舉行解組祭。不管前一晚有沒有捕到飛魚，我們還是要按照祖先設定的海洋漁法，進行解組祭。」捕魚夫強調地說。

「我們幾個青年船員，一起去上山砍魚架吧！也一起回來，才有團隊精神。」西多馬如哥對其他青年船員說。

這幾位青年船員一起上山砍魚架，有的帶著小斧頭，有的拿鐮刀。頑皮青年船員是帶鐮刀，西多馬如哥看到時說：「頑皮鬼，你拿鐮刀方便砍魚架嗎？家裡有沒有小斧頭？以前我們造船的時候，我有看到你用過小斧頭，是丟了嗎？」

「我想用鐮刀比較方便砍樹，才帶這把鐮刀。」頑皮青年船員說。

「現在是飛魚季期間，不應該考慮方不方便，而是要按照祖先設定的海洋漁法來做。砍魚架的工具，不論大小，都是用斧頭的。」西

多馬如哥引用飛魚文化規則說。

之後，他們就進入山野去砍自己需要的魚架。可以做魚架的樹種有很多種，一到山上就可以看到。不過，問題是在於認不認識這些樹種，要避免誤取不能用的樹種來做魚架的樹木。他們砍好自己要用的魚架，綁好後，走出山野，回到原來休息的地方等其他人。

「大家都到齊了嗎？讓我看看你們砍來的魚架是不是可用。」西多馬如哥說。

幾位青年船員把砍來的魚架分別交給西多馬如哥檢查，西多馬如哥說：「西俄那恩！你有一根樹木是不能當魚架的，你砍的樹叫kamansasana，完全不可以在飛魚季時拿來當作魚架，因為這樹的意思是『得不到飛魚曬』。你一定要換一根，去旁邊那裡找吧！我有看到很多直的魚架（avoiyos），去砍吧！」

西俄那恩聽到後，就趕快去建議的地方砍魚架，然後換上綁好。

「頑皮鬼！你砍的都是不能用的，你是要拿來曬丁字褲嗎？！你砍的兩根柱子的樹種都叫 vazazing，在飛魚季時間是不能用的。而橫放的另一根木頭，也和西俄那恩砍的一樣，是飛魚季期間最不能使用的魚架樹種。你再去砍，快回來喔！」西多馬如哥檢查魚架木頭後說。

「哥哥鬼！我在林中看到直直的樹，就砍下來了。曬飛魚哪裡有分可用與不可用的樹呀！如果飛魚覺得自己不適合曬在魚架上，就可

以張開翅膀飛走嗎？是這樣嗎？」頑皮青年船員說完調皮話後就去砍魚架了。

「回到家後，砍來的魚架要先放在別的地方，不可以馬上立起來，因為我們還要聽從老船員的指示才行。」西多馬如哥在回家前，告訴其他船員。

該船組的老船員決定明天是這個部落各個船組舉行解組祭的日子，所有船組家中的婦女都在今天去芋頭田挖芋頭，作為解組祭宴食之用。副食則是看每一戶的家裡盛產什麼，就用什麼食物來當副食。

 船組船員在太陽快落下海面之前，都必須準備好火把，以迎接解組祭的好日子。這個月份是 pikokaod（約國曆三月時），船組在祭主家煮的飛魚可以帶回家吃。但釣到的大魚，不論是男人魚或女人魚，都還是必須在祭主家食用。古人告訴雅美人，當船員把煮好的飛魚帶回家時，不可以走進別人家的界線範圍，要循著飛魚小道走，這樣才可以安心在家吃飛魚肉。

「各位船員們都到齊了嗎？如果到齊了，請派一位青年去看看領祭船組是否已經到海邊了。在這個時候，我們不可以比他們先到海邊，否則會違反祖先的規定，要遵守祖先的規定才是上策。」捕魚夫先曼莉芬對船員們說。

「叔叔們！我去看他們時，船員們都已在海邊的船邊拴緊自己的木槳了。」頑皮青年船員說。

「那好！你們快去換裝（manglit），古人漁夫告訴我們說要專

心作業，務必要把握機會，才能迎福。」先曼莉芬捕魚夫說。

「青年人要主動把火把和芭蕉布帶上船，不用老人家再說一遍。這樣的吩咐，也是祖先傳下來的，主要是要讓青年人往好的方向走，才有好的家庭。」先多馬如哥對青年人說。

青年人按照這位老船員說的話去做，他們到海邊時，將火把拴好在船中央，也栓緊自己所使用的木槳，以便海上作業能夠順利進行。

當他們到達海邊時，部落領祭船組的十人大船已經不在灘頭上了，已在海上航行開往目的地漁場。

「各位船員，要方便的趕快去。領祭主他們已經出海前往漁場了，動作要快一點！」先曼莉芬捕魚夫說。

當他們在灘頭上的工作都做好了，就很快地推出十人大船，往海面上航行。大船在還沒有離開港內時，撐舵夫很小心地掌著舵，讓十人大船安全地向外海航行而去。船員們了解到大船已在航線上前進，就開始加倍力量划船，使海面上的十人大船，頂著浪飛速地往漁場去。

◇◇

「媽媽！要不要煮叔叔和哥哥釣魚回來後的點心？」西巴其安對媽媽說。

「當然要煮，不過等一下，我先挑出好的地瓜來，然後再開始煮！」西巴其安的媽媽說。

「不過，萬一他們沒有出海捕魚的話，還一定要煮嗎？」西巴其安問媽媽。

「今天晚上，叔叔、哥哥他們不可能不出海捕飛魚的，因為明天是船組解組祭的日子，即使人數不到十個人，也一定要出海捕飛魚。這是大船在船組解散前最後一次出海捕飛魚了，有哪一個船組會不把飛魚肉帶回來祝福全家的呢？」西巴其安的媽媽說。

◇◇◇

頑皮青年船員的媽媽也挑選了幾塊好的芋頭，削去皮再切成兩半。她知道孩子（頑皮青年船員）吃不多，就沒多煮幾塊芋頭。

 雅美族男人捕魚後的點心，最上等的食物就是芋頭。但是並不是每個家庭都有豐盛的芋頭田，主要差異在於每個家庭所開墾的水芋田規模大小不同，不同家庭中婦女維護芋頭田的勤快程度也有所差別。同時，種植芋頭的技巧也有所不同。在雅美文化中，芋頭田是婦女所管轄的範圍，種植出大的芋頭及好的芋頭是婦女成就的象徵。

◇◇◇

「漁場到了，停止划船，趕快解開火把，抽出一把送給捕魚夫。」西多襄釣夫說。

頑皮青年船員迅速抽出一個火把，遞給捕魚夫先曼莉芬。他一接

到後，就很快點燃。捕魚夫覺得火勢明亮後，就把將火把插在船尾的頂端，將其立起。然後以最快的動作拿起捕飛魚的套網，像千里眼般觀望四周，看是否有飛魚游過來。之後，他聽到有一位船員說一群飛魚游進來了，他就注意海面上動靜。果不其然，有一排飛魚游向火光。他用心算方法，估算自己與飛魚的距離，然後把套漁網伸到海面上的適當位置。接著，這一排飛魚就直接衝進網內，他把撈起來的飛魚倒出來，放在船內蓋板上，算一算共有二十六條！船內的船員看了很高興。老船員都知道這種情況是因為有好的運氣，而那些青年人並不明白為什麼會這樣。

之後，飛魚群都不在漁場了，大船也就返航了。他們知道今晚是不釣大魚的，因為明天是解組祭，是可以把飛魚帶回家吃的第一天。他們登岸之後，船員拿一塊石頭放在船內蓋板上，這證明船內有飛魚。如果沒放石頭，就表示船內沒有飛魚漁獲。

「離開船回家之前，別忘了在自己的木槳架上，樹立趕鬼的十字蘆葦莖。」先阿拉芬釣夫對青年船員們說。

他們聽到後，就去找乾蘆葦把它做成十字型，然後插在自己的木槳架上，而那些老船員也做同樣的動作。

「哥哥鬼！你有看過鬼吃飛魚的表情嗎？老船員怎麼說十字能趕走鬼呢？我沒看過鬼呢！」頑皮青年船員邊走邊對西多馬如哥說。

「小鬼！鬼就像你一樣，很會囉嗦，又沒有女朋友。你跟鬼的差別是他沒有穿丁字褲，而你有穿破洞的丁字褲！」西多馬如哥回說。

「快上路了，你們在說什麼！先回到祭主家後再來說這些，快走啦！」西俄那恩說。

他們繼續走路回祭主家，到了之後，用火埂燃起火來烤暖。

「各位，別忘了明天要舉行解組祭，要做好該做的事，要穿禮服和戴上裝飾物，這個祭典活動是要招喚一家人的幸福。你們青年人要很快地去海邊大船，把飛魚處理好。記得要帶去一個網袋去，船裡面只有一個網袋是不夠的。好啦！大家回家用點心了。」捕魚夫先曼莉

芬對船員們說。

　　船員們取完暖後，各自回家去。

　　◇◇

　　「媽媽！我們回來了。捕到的飛魚大約有五十多條，請媽媽煮芋頭和地瓜飯，現在已經可以把飛魚帶回家吃，不需要在祭主家吃了。」頑皮青年船員到家後對媽媽說。

　　「喔！好的，我很快就會煮飯的，你的點心在這裡，換好衣服就來吃。媽媽沒什麼好食物煮給你吃，年紀大，工作能力有限了。」頑皮媽媽說真心話給孩子聽。

　　他吃完點心後，就很快地去祭主家，因為他知道明天要做的事。

　　◇◇

　　船員們都齊聚在祭主家，老人家根本不想睡覺，坐在內室閒聊著海洋漁夫的故事。而青年人因為體力比較差，就紛紛在前室睡著了。

雅美人傳統四門房地下屋，有三道鋪在地面的長方形木板區域，可以容納十幾戶船員躺在地板上睡覺。入口的門相當的小，人需要先跪在前一道地板上才能鑽進屋內。地下屋的主體結構大部分是位在地面下，只有斜斜的屋頂露在外面，這樣的設計可以抵抗颱風與暴風雨的侵襲。

「起來了！已經天亮了。要處理幾十條飛魚是要很久的，快起來了！」西多馬如哥夢醒後對大家說。

　　幾位青年人聽到了，從屋簷下看外面，發現天空的確已經很亮了，就很快地出門到海邊去。

　　「別忘了，還要拿一個網袋來，船上只有一個網袋是不夠裝的。」西俄那恩說。

　　「好！我去拿網袋。」頑皮青年船員回應說。

　　他們到達船邊後，先做清理船內的工作。之後，西多馬如哥打開船內蓋板，迅速地抓起一把飛魚放在地上。他把飛魚全部拿出來之後，便對西俄那恩說：「你去海邊用手取一點海水來祝福這些飛魚，你會不會說祝福的話？不然你就不能去拿海水。」

　　「我會說啊！我吃了飛魚肉會變得胖嘟嘟的，不是嗎？那要怎麼講呢？」西俄那恩說。

　　「哥哥！我會說祝賀的話，我去取海水好了。」頑皮青年船員搶先地說。

　　「好，你去吧！要小心喔！不要跌倒了，因為你手中拿的海水是帶有福氣的。萬一你跌倒了，手掌的海水也流掉了，那我們就得不到福份了。」西多馬如哥依據雅美海洋精神文化的知識告訴頑皮青年船員。

於是，頑皮青年船員就擔任取海水來祝福飛魚的船員，他一路上都很順利，並說了祝福的話。之後，幾位青年人以最快速的動作刮去飛魚鱗片，不到幾十分鐘的時間，他們就刮完了所有飛魚鱗片。接著，將飛魚拿去灘頭上的海水中清洗，並把洗好的飛魚裝在網袋裡，剛好裝滿兩大袋，由西多馬如哥和西俄那恩兩人各背一大網袋走回部落。

　　他們到達祭主家時，看到船組人員熱鬧非凡，男女老人家全部都穿上禮服來迎接得到好運氣的收穫（飛魚）而船組家庭中西巴其安和西曼莉芬兩位小姐也穿上傳統青少年的禮服。

　　飛魚剛放入魚框時，捕魚夫很快地拿起祭竹來祝賀，然後交 由其他老船員處理。祭福食用的早餐（飛魚）按船員家庭的人口數來計算該煮多少飛魚，是按傳統的方法處理，而其它飛魚就剖開來加以日曬。

　　該船組人員大家一起處理五十多條飛魚，男人與女人分別做該做的事，以分工來完成工作。在祭主家處理的飛魚，可生吃的部分如魚眼和魚卵等，只給男人食用，女人是不可以生吃魚眼和魚卵的。

　　「各位船員們！請你們把自己食用的大碗拿進來，以方便倒飛魚湯。」先順不老船員在屋內煮好飛魚後，出來對外面的船員們說。

　　在外的船員們立即送進自己的大碗，先滿莉芬負責倒魚湯的工作，他在屋內排好大碗，接著就開始將大碗裝滿魚湯。而飛魚肉則是放在大型的木盤內，總共有六個裝滿飛魚肉的大木盤。

　　「各位船員！我已經裝滿你們的大碗魚湯，請你們進屋內領取。」

先滿莉芬從屋內出來後說。大家聽到後，就進屋領取自己的大碗。

「叔叔！你滿身都是汗，快去外面吹涼風吧！辛苦你了！」頑皮青年船員看見先曼莉芬一身是汗而對他說。

「姪兒，對啊！這不就是「汗水向東流」的寫照嗎？！我是為大家服務，沒關係的。」先曼莉芬說。

「叔叔！人家是江水向東流，而你是汗水向東流！」頑皮青年船員笑著說，邊說邊眨眼睛。

「快進去拿你的大碗了，什麼向東流，海水向西流的，多吃飛魚吧！」西多馬如哥接著說。

之後，每一位船員告訴分飛魚肉的船員需要的飛魚數量，頑皮青年船員只拿了一條飛魚放在木盤內，人口多的船員則取兩條飛魚，而加上套繩的大碗可以很方便將魚湯提回家。

「各位，在回家的路上要小心，不可以踏進別人家，被別人看到了會被罵的，這樣飛魚就不可以吃了。另外，小路上的石頭多，一不小心跌跤的話，會像跳扭扭舞一樣把帶來幸福的飛魚肉給甩掉，對你是不利的！還有，回到家後把砍下來的魚架立起來。」祭主說。

船員們各自提著煮好的飛魚肉回家去了，祭主家僅剩下兩夫妻食用飛魚。

頑皮青年船員以右腳踏進家的邊邊時，順口說：「mapintek namen a mapazagpit do vahay mamen so libangbang」（意思是祝我們長遠地迎飛魚進家門，帶來永遠的幸福。）然後，就把飛魚肉放在前室，媽媽也進去屋內。他們母子用餐前，先祝賀在家食用的飛魚肉，然後就正式用餐了。其他的船員也以同樣的方式行祭，做法都一樣。家庭的祝福方式，也是早期祖先傳下來的一種海洋飛魚文化。

　　之後，每位船員又去祭主家，手上抓著鹽巴，用來醃飛魚。每個船員還可以帶幾條飛魚回去曬，頑皮青年船員則帶了四條飛魚回家曬。而剩餘的飛魚都分給家庭人口多的船員，以免不夠吃。醃好了屬於自己的飛魚就帶回家去，不再行祝賀禮。每位船員到家後，就把飛魚曬在住家的魚架上。到了中午，船員們就在自己的家裡煮飛魚乾，方法和在祭主家是一樣的。

　　「媽媽！我們開始吃中餐，飛魚都已經煮好了。我煮了三條，另外兩條拿去曬乾，我分給你兩條飛魚，我自己一條。船組裡老船員告訴我們，今天是解組祭，中午吃的飛魚乾，要在太陽落下前吃完，否則會對家人不利。媽媽，來用這個幸福餐吧！」頑皮青年船員已逐漸從船組學到一些飛魚文化知識。

他媽媽端上一大盆削好的芋頭，拿到孩子那裡。他們母子在準備享用幸福宴時，頑皮青年船員說：「媽媽！你是老人家，先行祝賀語吧！然後用餐。」頑皮青年船員尊敬媽媽地說。

「好了，我已經祝賀完畢了。孩子，快用餐吧！」他媽媽說。

雅美十人大船船組團體在飛魚季解組祭的第一天，是在自己家裡吃飛魚。根據雅美規則，中午以前吃飛魚會帶給家人幸福。下午以後吃飛魚會給家人帶來不利的結果。太陽升起及太陽落下的這種自然知識，對雅美族文化而言，是非常重要的人生經典。

過了一段時間，祭主西卡多弗兒通知船組的船員們到家裡來。船員們都到齊後，西卡多弗兒說：「通知大家，今天下午把我們的十人大船拖回船埠內，接著的月份是 papataw（約國曆四月時），這個月份有半個月以上的時間，十人大船是不可以出海捕飛魚的，只有三人小船、兩人小船及一人小船可以在海上釣飛魚。所以請大家下午務必在這裡集合，一起把我們的大船拖回船埠。」

　　到了下午，船組船員都齊聚在祭主家了。

　　「叔叔！我們都到齊了，可以去海邊把大船拖回來了。」西多馬如哥清點完船員，看到都到齊後對西卡多弗兒說。

　　「好的，那我們就下去海邊把大船拖上來，放在船埠內。」西卡多弗兒對在場的船員們說。

　　他說完話之後，就自行領路前往海邊。船組長輩領路是要按照年齡來排前後順序的，年紀最小的船員就跟在最後面，該船組殿後的是西其牙上。

　　此時，部落內的各個船組船員都忙著在海邊把自己船組的十人大船拖進船埠。

　　「大家把木槳架取下，放在適合的地方，舵柄放在船內，才不會損壞。大家放好後就回到祭主家休息。」捕魚夫先曼莉芬說。

　　之後，船員們各自把所使用的木槳取下，放在安全的位置，然後

走路回祭主家。「為什麼我們還要回到祭主家呢？這個月份不是可以讓船員自行回家嗎？」頑皮青年船員對西多馬如哥說。

「因為老船員們或祭主還有話要說，提醒我們要遵守。你以為加入船組團體是那麼簡單的嗎？我們青年人需要學習很多的海洋文化知識，順著老人家就是了。」西多馬如哥說。

「各位好，大家都辛苦了。在這一段飛魚季節內，我家沒有什麼好招待大家的，真抱歉！這段期間，大家都很熱心地在海上作業，曾經釣獲超大的鮪魚，也釣到超大的鯧魚，使大家都得到幸福，謝謝大家！」西卡多弗兒用感恩的心對大家說。

這時候，撐舵夫的太太來了，西南多馬如哥、西南俄那恩、西南阿拉芬、西南順不等幾位船組家庭的婦女也來了，她們來祭主家的主要的目的是想要多了解船組的事。

「我在這一段飛魚季時間，曾經休息過一兩天，因身體感冒，無力作業。很抱歉那個時候十人大船開往岸上觸礁，使你們的腳足被無情的海膽刺傷了。我很想要知道，那天天氣那麼好，撐舵夫經驗又那麼豐富，到底是什麼原因讓觸礁意外發生的呢？」捕魚夫先曼莉芬很想了解大船觸礁的原因。他說完之後，剛開始沒有一個船員回應。但沒多久，頑皮青年船員就按捺不住，便說：

「叔叔！當我們在海面上航行時，我一直回頭注意看回航的航線對不對，是不是和以往一樣。因為我看到叔叔（撐舵夫）的臉全被火光照到，那火光是從海岸射向外海的。我心想岸邊一定有人拿火把。

當我們的大船已經快靠到礁石岸邊時，我感覺不妙，就轉頭往燈光一看，視線所見到的是兩位女人的美腿。我心想難怪叔叔會一直專注這個方向，叔叔越看越有眼福，著迷在女人的美腿上。說時遲那時快，喀嚓一聲，我們的大船就猛衝到海岸礁石了。當時大家很快下船救我們的大船，在礁石上的上百個海膽刺破了每個人的腳足，大家都慘叫著，很痛苦。不幸的事就是這樣發生的呢！」頑皮青年船員述說他當時見到的情景。

撐舵夫聽了頑皮青年船員陳述的故事後，一時愣住了，心想當時的真實情景快被揭穿了，不知要如何回應，也不知道要怎麼編一個更科學的故事。

 在雅美族船組社會中，每位船員都有不同的小故事。就如該船組，僅頑皮青年船員真正知道不幸遭遇的發生原因，而其他船員只知道是意外發生的災害。不論是哪一個部落，都同樣會受到海洋儀式的洗禮。

「才不是啦！你又不是神，是人呢！你怎麼知道我專看美女大腿，我又沒學過看女人美腿文學，我也沒對你說過啊！你的小故事是編造出來的，我真的看不到海岸線啊！我以為我們的位置還在正規回航的航線中央。我摸著船舵柄，沒有偏差的啦！因為海面風平浪靜的緣故，我老人家所看到的都是光滑平面的海水。老人的視力很差，不知道船頭要朝哪一個方向才好，所以才造成我們的不幸，很對不起大家，我以後會改進的。」撐舵夫回應頑皮青年船員，試圖運用具科學理論的創意小故事說服大家。

頑皮青年船員立即回應說：「我講的句句都是實話，我才沒有亂

編故事，叔叔！你怎麼可以不跟大家說真話呢？」

　　一時，大家都對頑皮青年船員所講的這一番話感到驚訝，甚至產生疑惑。許多船員心想：「這一路過來，翻船的意外不都是因為頑皮青年船員不聽話，在海中大呼小叫，又破壞規矩偷跑去和女朋友約會才造成的嗎？這厄運怎麼會是撐舵夫造成的呢？他講的話都是真的嗎？」

　　此時，大家都噤不作聲，氣氛凝重，船員及家屬都等著撐舵夫說明事情之始末。

　　「好吧！我來說那次意外災難的故事吧！希望大家不要生氣，也不能笑，要安靜聽我講。故事是這樣的，那一夜，我們沒有捕到飛魚，我就把大船轉頭準備回航。當我們越過望南角時......」撐舵夫回想當時的情形。

◇◇

　　順著火光的方向，撐舵夫清楚看到兩個女人在海岸邊，手舉火把，身穿著遮蓋大腿的圍裙（一片裙），在岸邊抓螃蟹和小魚。當小浪花打在腿上時，她們就把圍裙捲高到大腿上，露出漂亮的美腿。

　　這時候，撐舵夫所操控的十人大船與正在抓海邊生物的女人越來越近了。撐舵夫一直專心注視著那兩個女人的美腿，只顧自己享飽眼福，卻不管十人大船要開往哪裡去。其他船員仍很賣力地划船，夜晚中的黑暗，視力所及是漆黑一片，只有撐舵夫可以看見前方航線。

但是他沒有注意回家的航程，只專注地看著海岸邊抓螃蟹女人的美腿……。

那兩位正在抓螃蟹的女人不知道在遠方的海上正有人專注地看著她們，依舊盡情地抓著螃蟹與小魚。當較大的海浪偶而打在腿上時，她們就會把圍裙捲高一些，露出的美腿點亮在火光中。如此引人入勝的畫面，讓撐舵夫以為自己開的十人大船是航行在世外桃源的仙山湖了。

撐舵夫握著大船舵柄，一直對準那火光，根本沒想到十人大船已經很接近海岸旁的礁石。他雙眼專注地看著女人的美腿，完全不管十人大船船員們的生命，這是什麼樣的男人呢？！

「喔！岸邊有燈光，有人在抓螃蟹。哇！是兩個女人，還露出美腿呢！」頑皮青年船員轉頭看到這一幕，並對大家說，但當時似乎只有撐舵夫聽到這句話。

不知道為什麼，突然一道波浪衝到船身上，很快地把大船推撞到岸邊礁石（keysakan），就像吃到石頭般聲聲作響。這時，船員們都大聲尖叫，並罵撐舵夫。

◇◇

撐舵夫接著回憶說：「那時，返航的航線我還看得很清楚，一直照著航道前進。之後，我們的大船和那兩個火光越來越近，我看到的火光越來越亮。不到片刻，那火光就照射到我的眼睛，然後我就看不

到前方了。我不知道船舵要往哪個方向才是正確的，真的看不到前面！接著就感覺到大船碰到石頭。當時，我聽到各種不同的聲音，比較清楚而大聲的是：「有婦女的美腿在前面！」這句話重複了好幾次，就是因為這樣，我也被海膽刺到了。」

「叔叔！那句話是我說的，我另外還說：『船快靠近岸邊了。』可是，你都沒有聽到。因為我看到火光很亮，就轉頭看後方岸邊，一眼就看到女人的美腿，所以我就說了那句話，沒想到只有這句話深入你的耳朵，而讓你看不清方向。」頑皮青年船員搶著回應。

「喔！原來是女人的美腿造成十人大船觸礁的！」先曼莉芬驚訝地說。

「才不是呢！是因為火光真的照瞎了我的眼睛，讓我看不到回航的航線。」撐舵夫直覺地反駁說。

「喔！原來你們不是去捕飛魚，而是去欣賞在海邊抓螃蟹的女人美腿啊！你看，我這不就是美腿嗎！」撐舵夫的太太聽了這故事後，邊說邊秀出她的大腿給大家看，她的這個動作讓大家覺得又氣又好笑，卻也適時地化解了一場尷尬。

「阿姨！你的腿太瘦了，不好看，是個老人了。叔叔！下一次我們出海去捕飛魚時，換我當撐舵夫好了。相信我，我不會去欣賞女人美腿的！」頑皮青年船員以快樂心情，帶著浪漫的口吻說。

在歡樂愉快的氣氛中，在場的船員與船組家庭成員終於知道大船觸礁的真正原因了，也為紅頭這個船組帶來了一個可以代代相傳的插曲。

撐舵夫與頑皮青年船員是船組中真正知道出事原因的船員，許多船員們過去一直誤以為是頑皮青年船員違反漁規才導致這場意外災難，現在終於還他一個清白。至於頑皮青年船員說如果換他當撐舵夫，他是不會去欣賞女人美腿的，你相信嗎？！

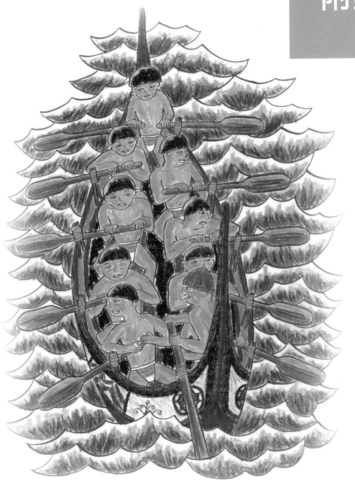

附錄

雅美族十人船組文化知識

◇◇◇◇◇◇◇◇◇◇◇◇◇◇◇◇◇◇◇◇◇◇◇◇◇

　　雅美族十人船組的母語為 sakapangahahapan 或 sacinakeran，乃為族人的高等團體組織。這組織主要功能有一為照顧家庭、家族和社會；二為拓廣族人在海上的視野；三是建立族人之間的人際關係，因此十人船組是雅美族社會中很重要的文化。在雅美族社會裡，一個男人必須學習各方面知識，來適應船組的神力功能，並接受任何艱難條件的挑戰，才能勝任在船組中的職務。有關十人船組組織的條件與知識敘述如下：

1. 雅美族人的船組有相當嚴格的家族制度，不是族人高興加入就可以加入。一個家族的船組滿了十人以上後，就沒有缺額。沒有門可以進入，就只能在外面當流浪人。

2. 想要加入十人船組，必須要具備合格的捕魚知識和條件，否則只能當船組的郵差先生。

3. 船組中務必要有一、兩家的船員是四門屋，這樣才能夠舉行飛魚季祭拜。到二門屋嗎？不可以的！飛魚下不了鍋。到鄉公所舉行拜飛魚祭嗎？！鄉長見了會說哪裡來這麼多的瘋子，他們是原住民嗎，還是公務員喔！

4. 船組頭等輪流當祭主（makahaod），如果家裡沒有雞和豬來行祭，就不可以擔任此神聖禮儀。用羊嗎？不行的！羊會叫你飛到西天。

5. 船組在海邊祭拜飛魚，其他船隻不可以超越祭主船三公尺，否則會在沙灘上打群架。沙子打到眼睛，會看不到好吃的魚乾。若是石頭打掉上下門牙，哪有牙齒咬地瓜或芋頭。以前蘭嶼哪有牙科醫師可

以給你裝假牙，沒有牙齒和人說話時咬詞會不清呢！

6. 船組的海邊飛魚祭可能是導火線地帶，就算你是人高馬大，力量過人，也不可以大聲地談論飛魚規則。因為可能會有人賭算你，趁人亂之際用划船的木槳打在你頸後，讓你對魔鬼連續行三鞠躬禮地倒下，這樣你哪有時間享受宴食呢！

7. 十人船組船員還沒祭拜飛魚之前，都要理髮來迎接飛魚的到來，否則別人看了會說瘋子也會看熱鬧啊！

8. 船組祭拜飛魚之前，夫妻不可以吵架，因為祭主家（panlagan so vahay），不喜歡吵架的人到他們家來，會引來不吉利的厄運。

9. 一到飛魚祭，祭主家（panlagan so vahay）都要圍起來，不讓人家進來。如果你走進別的祭主家，頭不開花才怪！是你自討苦吃，不知道自己是原住民。你一個人打得過十個人嗎？！目中無人呢！

10. 飛魚祭時，每一戶人家都要準備一大盆旱芋或山藥等。這些食物不可以從別人的園地作物中偷拿。飛魚神知道是用偷來的食物來慶祝飛魚季，會不喜歡這樣的食物。給別人（船員）吃的話，會讓人在滑石上滑倒，以妞妞舞摔掉一盤的食物宴食。

11. 皮膚過敏的人不可以吃飛魚祭的祭物（如雞和豬），尤其是船員，得到的病症是全身發癢。如果你覺得古人說得不對，那就吃吧！出海捕飛魚若是身體發癢，哪會有時間划船。若海水潑到身上，手就要更快地抓身體，之後會變成紅腫人，人家看到會說哪裡來的原住民紅腫人。

12. 飛魚祭的船組宴食有分船員桌，老幼桌和女人桌等。你的菜（魚乾）吃完後，不可以吃其它桌上的菜（魚乾），否則別人會說哪一個原住民孩子，沒有規矩。

13. 十人船組的船員位置不是隨便坐的，位置是依據符合條件而定，否則人家會說你不識泰山！

14. 負責掌舵的位置可不是糊裡糊塗的船員能夠勝任的，否則會把船開往岸邊礁石，船不被浪花打壞才怪，這樣會沒有船划回家！如果衝翻了別人的船，別人不打掉你的青光眼才怪！

15. 想坐在船首的位置嗎？首先要衡量耐力可以維持幾公里，再算有幾磅爆發力。別小看位在船首的船員，他是被公認可以坐在那個位置的！如果不聽別人勸導，別人會說是哪裡來的不識字海洋原住民？！

16. 釣夫位（pipangnanan）這個位置必須具備哲學和神學混合運用的知識，才能成為探囊取物之材的釣夫。人家都會稱呼釣夫是漁夫明星！你會嗎？！如果不會，那你就是漁夫猩猩了。

17. 船組捕飛魚的職務不是任何船員都可以擔任的，要勝任這個工作的船員要有立地百磅的工夫，你有嗎？如果只是小小的浪花，就掉進海裡游泳，那怎麼能捕到飛魚。若沒有飛魚，早上看到人家穿上禮服慶祝好運，那你們可能要變成哭臉呢！更不用說，船組的人還會罵你是沒有門牙的男人，而沒有門牙的人是咬字不清的！就算你站得很穩，站在那邊等飛魚游進來，但你一直流口水，飛魚看到你會說這個瘋子是哪裡的原住民，好可怕喔，他一直在流口水！不要靠近他們的船，免得這人吃飛魚不留骨頭，那你哪裡還有飛魚可以吃呢？！

18. 船組分魚時，是採取敬老品德的，而不是用秤分魚。即使在你面前的是最差的一份，也要拿到自己的盒子裡，那才是有家教的原住民呢！

19. 十人大船船員每個人都有一份專業，有的人很會打魚或有的人很會釣魚等。那你的專業是什麼？如果沒有，只能在海面上當郵差先生，專送別人在船上打來的大魚和一網袋的魚。人家看你這樣，會說這是哪個國家的原住民土包子，還想分得到好魚呢！

20. 飛魚季期間船組到小蘭嶼抓取海岸生物，每位船員都會帶一個網袋，裝抓來的螃蟹和撿來的小貝殼（kanaroarong）等。很會抓捕海岸生物的船員，他的網袋很快就裝滿了。如果為了要比別人快裝滿網袋，而不顧一切地往前跑時，小蘭嶼海岸的大小石頭，一身沫苔潤滑油可能會讓你跌斷雙手。斷手的你，哪裡有手划船回家，游泳嗎？更不行，什麼時候才游到家。這時人家會說你是哪一族的原住民，這麼愛表現？！如果自己沒有雙全的知識，就不要自討苦吃！這種情形，哪還有機會划船捕魚！

21. 飛魚季期間，船組會到小蘭嶼抓海鴨（ngangalalaw）。要擔任這樣的工作，不是肚子如饅頭型的漁夫能夠勝任的，不掉到險崖才怪。擔任這份工作的船員要具備相當好的條件，一是要有輕功，二是要膽識過人。你是這樣的料嗎？就算你有輕功，但沒有膽識，是回不來的，會永遠站立在山峭壁上當神仙呢！別人也不敢救你，因為他一樣會回不來，而原住民又沒有飛機可以救你。

22. 船組要造新船必須開會討論和計畫，而雅美人的傳統會議是不自由的，要有財力和知識才有份量說話；其次是工具，如果你什麼都沒有，且在船組文化中懂得最少知識，那就沒有說話的餘地。如果你不明白自己在船組內的角色，以為船組會議是自由的而回嘴，人家會說你是從哪裡來的不聽話原住民？

23. 船組在海中捕魚，有能力打魚的船員會使用魚槍，不是平時所見的槍類，而是魚叉設有倒鉤（mataid doamong）的魚槍，這樣的魚槍你會用嗎？若是打不到魚，而打中海底礁石，那你就永遠留在海底好了。你哪有力量能拔出魚叉，一定會捨棄魚槍。這樣子哪會有魚上船，沒有魚上船的你，好意思見人嗎？！用魚槍打魚，最小的魚會有三、四斤，或五、六斤以上。如果別人看到你沒有魚上船，會問說你會不會用這種魚槍？你說不會呀！那你就

不是海洋原住民，只當陸地上的瘋子了！

24. 到小蘭嶼抓海鴨時，要有船員懂得山路小徑、海岸礁石小道和岸港渡海航道。如果你一種小道都不懂，最好不要冒命去抓海鴨，因為別人會找不到你，而留在小蘭嶼當原住民了。

25. 在海中捕魚時要與其他船比賽划船，看誰的船比較快。這時船員們都要展出個人的料子，那你是什麼料呢？！布料！牛奶料！當兩條船的速度相當時，可能會要了你的命。如果你不要命，就把它丟掉好了。要當划船將軍，否則就是偷懶的船員。原住民可以偷懶嗎？！那就不叫原住民了。人家可以維持三海浬的爆發力，我們的祖先可以下南洋各個群島。如果你沒有爆發力，最起碼要有爆炸力呀！非常有力量的船員划槳打在海面上會發出不同的聲音，你有這樣的臂力嗎？如果沒有，改行算了，否則大家會不認同為你是海洋原住民之子。

26. 船組在海中捕魚，每個人都會帶著網袋裝魚。運氣好的話，很快就可裝滿網袋上船。如果你是空網袋上船，你會不好意思看到別人滿網袋的魚！又再下海打魚，海底的老人魚看到你又來他們家會說他是不是原住民啊？！他的網袋是空的，就只撿海底的貝殼嗎？！白痴！哪有這麼笨的原住民。

27. 在海中船組常用網子來捕魚，漁網兩邊的船員的肺活量要相當好。另外這兩人的心算要相當準，當魚迅速往漁網衝時，他們已經算好和魚兒的距離，在海底快速地跟蹤魚兒，不讓一條魚逃掉，你是這種料嗎？如果你一直在海面看夥伴在海底工作，人家會說你這個偷懶的原住民，還想分到大魚嗎！

28. 十人船組在海底圍捕臭肚魚時，若你自以為自己很會趕魚，就衝進漁網內趕臭肚魚衝網，那你是不懂各種魚類的習性，這種魚沒有那麼笨衝網。你的手可能會被臭肚魚（keketan）刺了十幾針，

這樣你哪有手划船回家，人家會說這個一點知識都沒有的原住民是從哪裡來的？

29. 船組到小蘭嶼過夜捕魚，長輩會說誰要擔任取用淡水的工作？若你不知道小路，就別愛現，否則會回不來的，別人要找你也很困難。如果你滑倒在一身潤滑油的石頭上而腦震盪，是沒人扶你，在那裡奄奄一息。小蘭嶼沒有醫院，誰要救你！其他船員都不是醫生，而是漁夫！要弄清楚，船組到小蘭嶼過夜捕魚，是要滿載而歸地返航！沒想到你愛現，因去拿淡水而自討苦吃。為了你的命，大家就只能很快返航。這樣哪還有魚吃，人家會說你是一個笨蛋！

30. 在飛魚季捕魚，十人大船常和其他船隻在海中碰撞，造成漿架斷裂。不要以為自己人高馬大或兄弟多，就先開口罵人，因為打群架後會由你負責賠償對方。你若沒有金銀珠寶可賠償，別人會找你算命（帳）的。到時候你不要說不是我打，人家會說你是頭，是事情的起源。若是飛來的石頭，打掉上下一排的門牙，你哪還咬得住有營養的芋頭。幾年後，你會變成一個瘦瘦的男人，不再是人高馬大的人了。

31. 飛魚季的 papataow（約國曆四月份）是可以將煮好的飛魚帶回家吃的，但你手上拿飛魚肉和湯時，不可以經過別人家，否則會被罵，這樣飛魚肉和湯就不能吃了。如果不管還是照吃被罵過的飛魚肉和湯，你和家人會減少五年生命。這還沒關係，如果那家主人當場看到你經過他們家，便丟來十公斤石頭，那不打爛你手上的飛魚肉、木盤和陶碗才怪。再來，一身潤滑油的奇型石，也會打破你的命門！這樣不但吃不到飛魚肉，還要躺在地板上呻吟，後悔地說不聽老人言，吃虧在眼前。

32. papataow（約國曆四月份）這月份抓來的飛魚，可以在自己的家

裡曬。如果你把殺好的飛魚拿回家，隨便曬在一般魚架上，別人看到會說你是哪裡來的土包子原住民。

33. 有一個月份船員們都會帶著自己捕飛魚的網子，如沒有這捕魚網（vanaka），沒有人會請你上船捕飛魚。就算是自己的船組，上了船後，別人也會說你是觀光客嗎？別人很賣力地在捕飛魚，而你在船上玩海水。別人會說你是哪裡來的不識字原住民，還想分得飛魚，白痴！

34. 在飛魚季內的一、兩個月，十人大船船組是不帶任何漁具捕魚，僅帶挖五爪貝（kono）的鐵根和小鉤子等。這種海底生物是靜態的，一般漁夫很難辨識，但厲害的漁夫很快就會找到五爪貝，一個接一個地上船。其他船員都說他的眼睛怎麼這麼厲害呀！那你呢？在海面上已經一個小時了，一個都沒看到。人家會說你是青光眼原住民，怎麼下海看世界，白痴！還揚言說自己是海洋原住民。很會挖五爪貝的漁夫，一看到五爪貝就很快將五爪貝帶出水面。若你看到，但潛入海底卻不知道怎麼挖，就從五爪貝邊揪起來。但不管你花多少力氣都揪不出，因為五爪貝看你是海底土包子，就越站越穩定，讓你沒有力量把它挖出來。為了要得到它，你表演上上下下的潛海戲，別的船員看到會說你在做什麼？大家都在挖五爪貝上船（mano wat so kono），你在表演上下遊戲嗎！你的網袋內一個五爪貝都沒有，你是來玩水的嗎？！原住民不是這樣的白癡！

35. 十人大船需要雕刻花紋，這不是由沒有具備條件的船員決定。雖然是船組長輩，但不具備各項條件的人，是沒有資格講話的。如果你以為可以在會議中使用民主思想，那別人會說你是流浪的原住民。如果你以好高騖遠的思想行事，別人就讓你承擔一切後果。萬一你們還沒砍樹造大船，你就拖著你的靈魂往西方飛去，那誰

來繼承你的任務，還要叫船組人員再開會一次嗎？人家會說你是吃飯沒嘴巴的人。

36. 船組初次上山砍船兩邊彎骨（ipanwang），族人會尊敬長輩，由此長老領路到目的地。如果你以為這個制度不適合現代文明人，就領先帶路，別人會說你是哪個家族的原住民，一點禮貌都沒有。更不用說，當你帶頭上路時，旁邊的魔鬼見了你，就來一個直捲（路邊的乾樹枝插到你的眼睛）說這小鬼膽子真大，竟敢領路帶船員，看這一招吧！這時候，你還有眼睛上山砍船板嗎？！民主不是泰山，是不行的。

37. 製作大船兩邊彎骨（ipanwang）不是一般船員能擔任的工作，尤其是大船要雕刻，成品務必要好看，引人注目。製作工作是採取輪流方式，若趁著大家休息的時間，偷偷去做彎骨，該去掉的沒修掉，要保留的部分反而被你削平。大家看了會生氣丟掉，因為又要上山砍樹。當大家都知道這是你做的，那你好意思再跟他們一起工作嗎？自以為自己的成品會被認可，那是飯桶的原住民呢！

38. 船組上山砍船底（rapan no limasoavat），由看到這種樹的船員領路往深林去。這是他以前做過記號的（nikozi），所以就可以取得。在下一次造船，你說我也有看到取船底的樹。當你們去的時候，卻是別人的記號，而且周圍插了二、三根小木棍。船長問你說這是你的嗎？你回答說是。他再問說這是你的記號嗎？你說不是。船長又問這三根小木棍是你插的嗎？你說不是。他又問你...結果都不是！那你怎麼帶我們來這裡呢？你是希望我們用偷來的木板造大船嗎？那是會被詛咒的！若你還是回答說這是我看到的樹，船長會指證對你說這個記號最少十幾年了，讓大家來指證。其他船員一起看都確認這是老舊記號，那你還有什麼話說？是你不懂樵夫文化，沒上過深山，討厭你的船員會說你一點原住民的風味

都沒有。

39. 十人大船船員砍船板，每組最少三人。船員不是沒有識別力，知道你沒有砍船板的知識，別人就不喜歡跟你同一組，因為你不懂要砍何種樹。在這種情況下，你就一個人去砍船板，一樣也不能用，但你覺得這是自己的成品，硬要取回來。別人看你取回來的船板都不像樣，便會說現在到底是晚上，還是白天啊？你聽到這句話，要趕快挖洞躲起來呢！

40. 要砍最上層的船板（pakalaten），要具備砍樹的耐力、力量和握斧的技巧等。如果你都一項沒有，就不要擔任這份工作，因為船組要的是品質好和樣式佳的成品。砍時要快，耐力要久，兩小時不換人，你能嗎？若斧頭還沒有砍幾下，就像被追的狗，不知道要吸二氧化碳，還是四氧化氮，氧氣在哪裡，你都找不到。這樣的你怎麼完成工作，別人也會說你不是深山的原住民，而是街上走來走去的煙酒民！

41. 船板要加細工才能使用，尤其是鑽洞工作。如你喜歡這份工作，最好不要去擔任，因為這份工作需要相當好的技術，尤其是大船要雕刻花紋，一點都不能馬虎。如果你說我也會，就去做這份工作。結果第一個洞打歪了，人家看了會不以為然，但還會糾正。如果二十幾個洞都打歪了，別人看了會說這個人是不是瞎子，現在是白天，而不是晚上呢！這樣的船板，船組是要丟棄的。

42. 十人大船要上彎骨（ipanwang）時，選定一個人做這份工作，其他人在旁協助。若你覺得這工作我也會，趁船員回家休息時，偷偷去上彎骨。但因沒人在旁協助，不明白成品標準，造成大船彎骨像大便一樣難看。等夥伴們回到現場，看到你上的彎骨如此難看，會說這個原住民走路不看路，掉到井裡要自己爬上來。

43. 造十人大船製作第一塊船板上骨（manasay）時，船組要舉行小

祭儀式，祈求工作順利完成。這時，每家都要準備一盆地瓜和山藥等食物。但你交不出一小盆食物，因為你是船組裡的流浪漢。當船員都聚齊在主人家，你都交不出一盆食物，那還能交出什麼？你還是可以和別人一起吃飯，但你心裡會想要不要跟大家一起吃呢？食物要餵廢物嗎？！是你不向別人看齊，人家種地瓜和芋頭等，而你當流浪漢，哪裡有那麼多食物讓你白吃白喝。

44. 十人大船上中板（pavaken）的接船板工作不是一件很容易的事，沒有很有經驗的船員最好不要擔任這個重要角色，只能當助手。中板上不好，船內會變得窄小，容易翻船。如果以民主思想認為船是大家的，誰都可以擔任上中板工作就去做。船組其他船員會一直看你工作，因為他們知道你沒有造船經驗，但也不會勸你。你自以為自己適合這個工作，而擔任此一重要角色。結果打鑽孔時，有一半都是打穿外面或內側部分，是你這青光眼傢伙立的木釘，結果中板往內側偏，船身當然就變窄小了。此外，因你在工作時生氣，會招來對船組不利的結果。你以為自己很聰明不求教，更不懂知識有高低差別。這時候，船員們到船埠內，長輩看到你上的中板立起來，使得船身變窄，不能下海，在海中只有翻船。長輩會說：「誰接的船板？」而你誠實地說：「是我！」長輩會不容客氣地說：「你家有多少黃金？養了幾條豬？準備了多少芋頭田？」這時你沒有話說，你明白船組長輩對你說這種話的意思嗎？如果你再說不滿長輩的話，那就只有離開船組了。如果你認為船組是家族的團體組職，對你很重要，那你就得服從原住民組職團體法，乖乖服從原住民格調。這時候，其他船員則不看你的面子，將你上好的船板全部打掉，重新接好才能保命。

45. 十人造船員接上層船板（pakalaten），一般船員只能當助手，不可擔任主角，因為船板的左右上下都要是完美的峰面。不要以為

自己是聰明人，就去擔任上板的工作。結果造成完好的船板成了廢物，因為不但中板（pavaken）有差錯沒接平，更接不上彎骨（ipanwang）接點，就像張開嘴巴一般無法合攏。如果看到自己的成品不好，就用力將接到彎骨的部份靠上，結果板底的木釘全被拆斷。這時別人會說這個人不看路掉下水井，要自己爬上來，爬不上來就永遠留在井裡當井底之蛙。

46. 造好的大船必須要修平船外部份，因為這工程浩大，需要全部船員都參與，但不可按照自己的個人意思或看法去做，而是要聽從指示。如果你認為這工作不需要知識，很簡單，就按照自己的想法去做，該保留的部份全部修掉。別人看到你已經修掉大船在波浪上能穩定航行的部份，就會不客氣地對你說：「你準備很多芋頭和豬羊嗎？為什麼要修掉船身穩定部份，誰告訴你的？」聽到這話，你要如何是好，要離開船組嗎？別人最喜歡看到你遠去！更不用說，因怕海中翻船，使得造好的船很少下海捕魚！

47. 雅美人的十人大船下水典禮有三種方式，一是沒刻紋船的下水儀式；二是普通雕花的大船下水禮（topabosbosa）和三是特殊雕刻花紋的大船下水典禮。大船落成的慶祝，若不懂自己文化的人是無法陪襯的，因為雅美原住民祖先採取神學和哲學觀念並用。如果你不懂得運用這兩種知識，只是簡單地和別人做做唱唱。那別人看到你的作風會說，從哪裡來的原住民，一點也不懂雅美人的文化！

48. 十人大船下水典禮中的堆芋頭部份每個人都要分配，十個船員要逐家逐戶觀察芋頭的收成。如果你是懶惰的船員，你的芋頭收成，不足一門之多（asapazezevengan），別人會以白眼看你，認為你一點向上心都沒有。母語說 karananimakongoya！（針對你的人會斜眼看你）。更不用說這會讓你留下名聲，在雅美人社會

內這是永遠流傳的，你的子子孫孫都會知道，會說我們的祖先怎麼這麼懶惰，害我們得到不雅的名聲。此外，你被分配堆芋頭的地方是凹型的，而別人堆的芋頭則是滿滿的。此時，大家都是各自為政，要把三年辛苦的芋頭收成亮相給人看。因為你家收成的芋頭很少，別的船員看了以後會說你分配的地方窄小，芋頭又沒堆滿，要去挖地瓜嗎？！不過你家哪有地瓜，因為你很懶惰，當然沒有。客人會知道你是十人船員中收穫最差的人，便說那裡來的男人？！也不花一點力量去耕種，只享受別人的收穫。母語說 ka mavakes oya an tongiyan do ili do ipakapiya da omakaw oya an kakavang（你不雅名譽都登記在社會的日誌內了！不要以為別人不記得你）。

49. 當被邀請的客人下午來參加雕刻十人大船的下水儀式時，船組船員要排列橫行。如你不懂唱自編或古老的迎賓歌，你要唱流行歌嗎？！這種文化儀式都要學，否則哪有組織可以加入！

50. 十人船員迎賓禮儀完成之後，每位船員都要帶自己的客人回到家裡。這時，走部落的小徑要小心。如你不管部落規則，而採取自由行，在部落亂走，不管別人的家，是會被咒罵的。

雅美兒童周宗經智慧 191 分

李符桐教授與王煥琛先生為明了雅美兒童的智力，曾以英國國立心理研究所作，我國艾偉先生修訂非語文的團體智慧測驗第一類，抽樣測驗蘭嶼及東清兩校的中高年級兒童一○○名，測驗的結果，認為雅美兒童智力較差的原因，遺傳與環境互有影響，如將其成績與臺灣其他山地兒童智力測驗之常模作一比較，則蘭嶼兒童年級愈低，其智力的差異愈小，年級愈高，智力差異愈大，而於此可以看出，雅美兒童較其他山地兒童智力為高。

就全盤觀察，雅美兒童，因較臺灣平地兒童所處社會環境與教育影響為差，故其成績不如平地兒童，惟據李王兩先生面告，曾於測驗中發現有一名叫周宗經的兒童，在最短的測驗時間內，曾得一百九十一分，其成績之高，即平地最優兒童，亦少如此。

⑤ 社會教育

蘭嶼與東清兩

教授國文國語為主，出席率不高，另蘭嶼鄉公所偶然補習班。民眾服務站有文化工作隊，常至各部落從事

舉辦運動會及一般歌舞演出。另外蘭，亦常就近表演，對於蘭嶼社會教育，頗有貢獻。

四、教育

蘭嶼雅美族的，如何建設蘭嶼，除先發展交通外，自以移風易俗改

▲周宗經

▲資料來源：吳自甦編著（民75）。蘭嶼接觸。臺中縣霧峰鄉：霧峰。頁203

國家圖書館出版品預行編目 (CIP) 資料

五對漿 / 夏本奇伯愛雅著 . -- 初版 . -- 新
竹市 : 交大出版社 , 民 101.12
面 ;　公分
ISBN 978-986-6301-53-7(平裝)

863.857　　　　　　　　　101027680

五對槳

著　　者：夏本奇伯愛雅（周宗經）
主　　編：林素甘、郭良文
內容整理：唐允中
插　　圖：沈孟儒
內容排版：徐盈佳、吳悅萍
封面及內文設計：耕作室創意設計
行政編輯：程惠芳、歐宇芳、蔡欣蓓
策　　劃：蘭嶼原住民知識的生產與流通計畫（NSC 100-2420-H-032 -003）
　　　　　蘭嶼文物與生態影像數位典藏計畫（NSC 100-2631-H-009 -002）
贊　　助：財團法人原住民族文化事業基金會
出 版 者：國立交通大學出版社
發 行 人：吳妍華
社　　長：林進燈
地　　址：新竹市大學路 1001 號
讀者服務：03-5736308、03-5131542（周一至周五上午 8:30 至下午 5:00）
傳　　真：03-5728302
網　　址：http://press.nctu.edu.tw
電子郵件：press@cc.nctu.edu.tw
出版日期：民國一〇一年十二月初版一刷
定　　價：260 元
ISBN：978-986-6301-53-7
GPN：1010103825
展售門市查詢：國立交通大學出版社 http://press.nctu.edu.tw
或洽政府出版品集中展售門市：
國家書店（台北市松江路 209 號 1 樓）
網址：http://www.govbooks.com.tw
電話：02-25180207

五南文化廣場台中總店（台中市中山路 6 號）
網址：http://www.wunanbooks.com.tw
電話：04-22260330